ALEXANDER OETKER

STILLE NACHT IM SCHNEE

ROMAN

ATLANTIK

Atlantik ist ein Imprint des
Hoffmann und Campe Verlags, Hamburg.

2. Auflage 2023

www.hoffmann-und-campe.de
www.atlantik-verlag.de
Umschlaggestaltung: Vivian Bencs © Hoffmann und Campe
Umschlagabbildung: © Nina Heinke
Satz: Pinkuin Satz und Datentechnik, Berlin
Gesetzt aus der Sabon
Druck und Bindung: GGP Media GmbH, Pößneck
Printed in Germany
ISBN 978-3-455-01646-8

HOFFMANN
UND CAMPE

Ein Unternehmen der
GANSKE VERLAGSGRUPPE

»Hier ist Radio Rottu – an diesem 24. Dezember in der schönsten Bergregion der Welt. Gleich geht's hier bei uns zwischen Zermatt und Goms in unserer weihnachtlichen Hitparade weiter mit den besten Songs der letzten Jahrzehnte. Vorher aber noch ein kurzer Blick auf das Wetter: Wer sich weiße Weihnachten gewünscht hat, der muss dieses Jahr besonders brav gewesen sein. Denn Frau Holle scheint die Decken heute Morgen mal richtig auszuschütteln. Im ganzen Oberwallis schneit es, rund um Brig und den Aletschgletscher wird mehr als ein Meter Neuschnee erwartet. Das gibt eine märchenhafte Schneedecke zur Heiligen Nacht. Aber bedeutet auch: Achtung, Autofahrer, Schneeketten nicht vergessen! Aber heute bleibt man wohl eh lieber daheim und facht den Kamin an. Passend dazu jetzt Chris Rea mit – na klar – ›Driving Home for Christmas‹«.

Heiligabend, 11.55 Uhr

»Und? Sehr aufgeregt?«

Pascal legte Elisabeth behutsam die Hand auf den unteren Rücken, das Kaschmir ihres hellblauen Pullovers fühlte sich flauschig an, und er schloss kurz die Augen, weil ihm diese Geste so vertraut war und seine Hand ganz warm wurde. Sie wandte ihm den Kopf zu und lächelte. »Wie immer zu Weihnachten, seit so vielen Jahren«, flüsterte sie.

»Fünfunddreißig«, antwortete er leise, und dann legte sich auch ein leichtes Lächeln auf seine Züge.

»Bereit?«

Sie nickte.

»Bereit.«

»Na dann …«

Sie traten zur Tür, und Pascal drehte den Schlüssel, dann öffnete er die schwere Holztür. Augenblicklich stoben ihnen die weißen Flocken entgegen, sie drängten in den Flur hinein, und sofort spürte Pascal die Kühle auf der Haut. Wenn es noch eines Zeichens dafür bedurfte, was ihnen heute bevorstand, dann war es die Schneeluft, die über Nacht ins Wallis geströmt war. So verharrten sie einen Moment im Türrahmen und betrachteten wortlos die Landschaft, die sich ihnen darbot: Um sie herum die Bergchalets mit ihren flachen Dächern und den rostroten Fensterläden, das Holz ganz verwittert von den vielen Jahren, in denen es monatelang der gleißenden

Wintersonne ausgesetzt war. Noch waren einige grüne Stellen zu erkennen, aber der Rasen würde bald schneebedeckt sein. Und dann ging es ringsum steil bergan, die Berge umgrenzten ihr kleines Dorf, als wollten sie es bewachen. Pascal kannte sie alle: Eggishorn, Bettmerhorn, Breithorn, Galmihorn – und weiter hinten Jungfrau, Eiger und der Mönch. In Gedanken korrigierte er sich: Es war nicht so, als wollten die Berge es nur bewachen. Die Berge bewachten das kleine Dorf tatsächlich – seit so vielen Jahrhunderten vor Feinden, vor Wasserknappheit, vor Eindringlingen, vor Sturm. Es war ein Schutzort, schon immer. Deshalb zog es sie jedes Jahr um die Feiertage hierher, weil dieses Tal und seine geschützte Lage ihnen zur zweiten Heimat geworden war – ihnen beiden und ihrer ganzen Familie.

Unter ihnen im Tal lag das Dorf, all die Dächer wegen der Dachlawinengefahr flach und überhängend, selbst aus der Ferne waren die gewaltigen Eiszapfen zu erkennen, die sich über Nacht gebildet hatten und herunterhingen wie Schwerter.

Alle Häuser gruppierten sich um den alten Kirchturm von Ernen, die Turmuhr zeigte inzwischen zwei Minuten vor zwölf.

Ihr Haus lag auf einer kleinen Anhöhe am Ortsrand, hier gab es nur noch einige verstreute Chalets aus schwerem Holz, große dunkle Balken, die Schnee und Kälte draußen hielten. Der Hügel hinter dem Haus war schon tief verschneit, Pascal fragte sich, ob er die Kufen der Schlitten noch einmal wachsen sollte. Das gäbe eine Mordsgaudi.

»Und? Wer wird wohl als Erster kommen?«, fragte Elisabeth und sah auf ihre kleine goldene Armbanduhr. »Na, was meinst du?«

Er lächelte sie an. »Das ist die rhetorischste aller Fragen. Seit Christoph aus dem Haus ist.«

Denn natürlich hörten sie beide schon den schnurrenden

Motor, der den Wagen aus dem Dorf zu ihnen heraufzog. Es dauerte keine halbe Minute, dann bog der silbergraue Toyota Prius ums Eck, leise surrend wie ein kleiner Rasenmäher, die Scheibenwischer schlugen wild gegen den Schnee, und dennoch hielt der Fahrer ein Stück vor der Einfahrt, um dann in drei Zügen rückwärts einzuparken, ordnungsgemäß wie in der Fahrschule gelernt.

»Da würde ja ein Bus reinpassen«, flüsterte Elisabeth.

»Ist doch okay so«, sagte Pascal leise, »dann haben die anderen nachher Platz.«

Zuerst wurde der Blinker ausgeschaltet, dann die Scheinwerfer, schließlich der Motor. Und erst dann öffnete sich die hintere Tür des Wagens. Schon hörten sie ein Stimmchen: »Oma, Oma!«, rief es immer wieder, dann öffnete Christoph seine Tür und stieg aus.

»Mats, ich lass dich raus«, sagte er und trat nach hinten, um den Sohnemann abzuschnallen. »Na los«, er hob den Fünfjährigen aus dem Auto, »sag Oma und Opa guten Tag, ja?«

Pascals Blick lag immer noch auf der Beifahrertür, die verschlossen blieb. Täuschte er sich? Oder rieb sich die Person auf der rechten Seite die Schläfen und hielt die Augen geschlossen? Nicht schon wieder ... Was war es denn dieses Mal? Doch der Gedanke musste warten, weil sich zuerst etwas anderes ereignete. Nämlich eine Naturkatastrophe namens Mats. Er nannte seinen Enkel nur insgeheim so, niemals hätte er diesen Spitznamen Elisabeth gegenüber erwähnt, die hätte ihn in kleine Stücke zerlegt. Und doch war es nun ebenjener Mats, der sich von seinem Kindersitz schälte und auf seine Oma zurannte. In der Hand hielt er etwas, was er aber so hin und her schlenkerte – nun gut: schleuderte –, dass sich Pascal richtig konzentrieren musste, um zu erkennen, was es war.

Doch. Jetzt. Es war ein Käfig. Und darin wackelte etwas ...

»Matsi!«, rief Elisabeth und hob den Jungen hoch, er legte ihr sofort sein freies linkes Ärmchen um den Hals. »Oma Sabeth«, quakte er mit seiner hohen Stimme, und Pascal runzelte die Stirn, weil er erwartete hätte, dass der Junge mit seinen fünf Jahren doch etwas besser sprach.

»Matsi, was hast du denn da?«, fragte Elisabeth und ließ ihn wieder runter.

»Kuck mal, Oma«, antwortete der Junge, »kuck mal: Willi.«

Und dann hielt er ihr den Käfig hin, und jetzt erkannte Pascal, was das da drinnen war: der wohl dickste Hamster, den er je gesehen hatte. Und der nach der heftigen Schüttelpartie wohl auch erst mal wieder seinen Schwindel loswerden musste, weil er sich in seinem Käfig geduckt hatte, um nicht gegen die Gitterstäbe geschleudert zu werden.

»Du hast einen Hamster, Matsi? Das ist ja super ... Und er heißt Willi?«

Elisabeth klang so ehrlich begeistert, dass Pascal Gänsehaut bekam. Dabei hatte sie als Mutter darauf geachtet, stets jede Zoohandlung zu meiden – ihre drei Kinder hatten Plüschtiere gehabt, aber keine Haustiere. Der Hund war erst ins Haus gekommen, als die Kinder es verlassen hatten, und als er starb, hatte Pascal insgeheim zugeben müssen dass er bei aller Trauer um das Tier doch froh war, endlich wieder einmal verreisen zu können, ohne darauf achten zu müssen, ob das verdammte Hotel *hundefreundlich* war.

»Willi is zwei Monate«, sagte Mats.

Christoph hatte schon den Kofferraum geöffnet, während sich an der Beifahrertür noch immer nichts regte. »Mats, sag mal Opa auch Tag, ja?«

Doch Mats hatte wieder begonnen, Willi zu schütteln. »Mats!«, rief Christoph nun.

Da ging langsam die Beifahrertür auf, und sie stieg aus. Endlich, dachte Pascal. Bis er sah, wie sich Gesine die Schläfen rieb. »Lass den Jungen doch erst mal ankommen«, knurrte sie, während ihr Mann die Koffer aus dem Heck hob, zwei auf einmal. Große, schwere Koffer. Pascal hatte wohl die Einladung nicht gelesen. Waren sie auch für Silvester verabredet?

Er wuchtete die roten und dunkelblauen Koffermodelle *Typ Weltreise* über den Schneehügel, den er mit seinem Wagen aufgeschoben hatte.

»Willi hat Hunger!«, rief Mats, und Elisabeth grinste. »Na, wollen wir mal gucken, ob wir eine Banane haben für deinen Willi?« Da stemmte Mats die linke Hand in die Hüfte. »Oma, nein. Banane darf er nicht. Wegen dem Zucker.«

»Oh«, sagte Elisabeth erstaunt. »Na, das wusste ich ja gar nicht. Wollen wir dann mal schauen, ob wir Salat …«

»Wir haben Futter für Willi mit!«, rief Gesine aus dem Fußraum des Autos, wo sie noch in ihrer Handtasche kramte. Pascal verdrehte die Augen.

»Hast du Opa schon guten Tag gesagt?«, fragte Christoph.

»Oma, komm, wir gehen rein«, sagte Mats und zog seine Großmutter nach drinnen. Christoph zuckte mit den Schultern, dann hievte er wieder die Koffer in Richtung des Hauses. »Puuh, war das ein Schneetreiben. Kurz hinter Bregenz habe ich gedacht, wir kommen überhaupt nicht mehr hier an.«

»Ist doch alles gut gegangen«, sagte Pascal, dem zum ersten Mal auffiel, dass der Junge natürlich nicht »Tag« sagen wollte, weil seine Eltern es auch nicht taten. Also platzierte er sich genau vor Christoph, der dann notgedrungen die Koffer abstellte.

»Gut siehst du aus, mein Lieber«, sagte Pascal und nahm seinen Sohn in den Arm. »Schön, dass du da bist.« Der schlaksige

Kerl in Hemd und Bundfaltenhose und sein Vater im hellgrauen Pullover umarmten sich fest. Sie waren etwa gleich groß, einen Meter zweiundneunzig, aber nur weil Pascal irgendwann auf seinem Weg durchs Leben zwei Zentimeter geschrumpft sein musste. »Was gibt es zu essen?«, fragte Christoph leise, und Pascal schwante Schlimmes. Zu Recht. »Gesine ist auf der Fahrt eingefallen, dass sie ja neuerdings diese Laktoseintoleranz hat – und wir ja aber immer das Käsefondue machen an Heiligabend – und jetzt weiß sie nicht, ob …«

»Aber der Fonduekäse hat gar keine Laktose«, wandte Pascal ein, doch Christoph hieß ihn schweigen. Für Gesine hatte alles Laktose, was nicht Hummer war, so schien es.

Er brach ab, weil seine Frau es mit ihrer dunkelbraunen Ledertasche endlich doch aus dem Prius geschafft hatte und nun die Tür zuwarf. Sie kam auf sie zu, den Blick in den Himmel gerichtet. »Es ist so kalt, herrje, und das war eine elendige Fahrt hierher«, sagte sie, »ich bin ganz erschlagen.«

Sie reichten sich die Hände, Gesine und Pascal, und dann ging er noch einen Schritt auf sie zu und gab ihr einen Kuss auf die kühle Wange. »Ich hoffe, das sind nur Kopfschmerzen«, murmelte sie, als sie sich von ihm löste, »ich habe bis auf den letzten Drücker gearbeitet. Aber wenn meine Migräne wieder losgeht …« Sie sah am Haus hinauf. »Habt ihr den Kamin noch nicht an? Ein Glück. Das verpestet immer die ganze Hütte. Kommst du?«

Sie sah Christoph auffordernd an, dann ging sie voraus ins Haus. Ob sein Sohn den Blick des Vaters mit Absicht mied oder einfach nicht auf die Idee kam, eine unausgesprochene Komplizenschaft mit ihm einzugehen, konnte Pascal nicht sagen. Jedenfalls griff Christoph wieder nach den Koffern, doch der alte Herr ließ das nicht zu. Er war schneller und schnappte sich den taubenblauen. »Jeder einen«, sagte er, und dann hob er dieses Ungetüm an, das so schwer war, dass Pascal sicher war, es damit nicht die Treppe hinaufzuschaffen. Sie wuchteten die Koffer hinein, und er schloss die Tür hinter ihnen. Sofort umfing sie die Wärme des Wohnzimmers, der Kamin hatte zumindest bis spät in die Nacht gebrannt und das Wohnzimmer angenehm warm gehalten. Er spürte, wie seine Wangen prickelten, als er von der Kälte in die Wärme trat.

In der Küche, die genau ans Wohnzimmer grenzte und den Blick durch eine Durchreiche auf den Esstisch freigab, hatte sich Mats auf einen Stuhl gestellt und gab seiner Großmutter Anweisungen, wie sie den Salat richtig zu schneiden habe. »Kleiner. Willi mag die Blätter kleiner.« Der Hamster saß im Käfig, der auf der Arbeitsplatte stand, und sah aus, als käme er gerade erst wieder richtig zu Bewusstsein. »Ich hab auch Hunger!«, rief Mats gleich darauf. Pascal stellte den Koffer in die Tür. »Es gibt gleich ein kleines Mittagessen«, sagte er, »ihr seid bestimmt alle hungrig nach der Fahrt.«

»Ich gehe erst mal hoch und mache mich frisch«, sagte Gesine. Sie öffnete den blauen Koffer, entnahm die Waschtasche und stieg sogleich die Treppe hoch.

»Wann kommen denn die anderen?«, fragte Christoph, und Elisabeth rief aus der Küche: »Cord kommt um eins, halb zwei.«

»Und Cleo?«

Pascal grinste. »Wenn wir das wüssten, dann wäre es nicht Cleo, oder?«

Christoph lächelte ihn sanft an. »Ist sie noch mit diesem Typen zusammen?«

»Dem vom letzten Jahr?« Elisabeths Kopf zeigte sich in der Durchreiche. »Keine Ahnung. Sie hat gestern nur kurz geschrieben, dass sie natürlich kommt. Aber mit wem …«

»Jetzt hört aber auf und lästert nicht gleich wieder über

Cleo«, sagte Pascal ernst. »Ich fand den jungen Mann letztes Jahr gar nicht so übel …«

»Na, immerhin hatte er alle Zähne – und sogar ein eigenes Auto«, entgegnete Christoph, »auch wenn es ein Fiat Panda war.«

»Oma, Willi will laufen.«

»Oh …« Elisabeth drehte sich schnell um und sah, dass Mats den Käfig des Hamsters geöffnet hatte. Der war jetzt drauf und dran, die Küche auszukundschaften. »Matsi«, sie ging schnell zum Käfig, »wir müssen erst mal einen Bereich absperren, wo Willi dann rumlaufen kann, aber nicht hier in der Küche, sondern lieber … im Bad?«

»Aber Willi will rumlaufen …«

»Mats«, Christophs Stimme klang ernst, »Oma will nicht, dass Willi in der Küche rumläuft. Und deshalb …«

»Blöde Oma«, sagte Mats, und seine Unterlippe begann zu beben. »Willi war so lange im Auto und jetzt …«

»Mats, was ist denn?«, fragte Gesine, die lautlos die Treppe heruntergekommen war. »Warum weinst du denn, mein Schatz?«

»Ist schon gut«, begann Christoph, aber sie beachtete ihn gar nicht.

»Oma hat Willi eingesperrt«, sagte Mats und hob den Käfig von der Arbeitsplatte.

Gesine ging in die Küche und half ihrem Sohn vom Stuhl. Dann sah sie Elisabeth ernst an. »Ihr hättet uns sagen müssen, dass Haustiere nicht willkommen sind. Aber da Cleo bestimmt auch wieder dieses riesige Tier mitbringt – da dachten wir …« Sie ließ die Worte in der Luft hängen, bis Elisabeth nichts anderes einfiel, als nach einem Lappen zu greifen und die Arbeitsplatte abzuwischen.

»Elisabeth hat gar nichts gesagt«, ging Pascal dazwischen,

»außer dass der Hamster vielleicht besser in einem abgesperrten Bereich rumlaufen sollte. Nicht dass er dir noch abhaut, Mats – und außerdem wollen wir doch gleich kochen; nicht dass er noch an den Herd kommt und sich seine kleinen …« Obwohl er leidenschaftlich gern Tiersendungen sah, wollte ihm gerade partout nicht einfallen, ob die Füße von Nagern eine bestimmte anatomische Bezeichnung hatten.

»Blöder Opa«, sagte Mats kaum hörbar, und das waren dann auch die ersten beiden Worte, die er seit der Ankunft direkt an seinen Großvater richtete.

»Komm, wir lassen Willi im Gästezimmer laufen«, sagte Gesine und nahm den Käfig an sich. Mats hielt sich an der Strickjacke seiner Mutter fest und folgte ihr Richtung Treppe. Pascal sah, wie sich Christoph im Wohnzimmer auf die Couch fallen ließ und nach der Zeitung griff.

Sein Vater beobachtete kurz, wie sein Sohn sich in den Wirtschaftsteil vertiefte, dann ging er durch den hölzernen Türrahmen in die Küche. Elisabeth schnitt gerade grüne Bohnen klein, auf dem Herd stand ein Topf mit sprudelndem Wasser.

»Sie ist wirklich so eine …«, brach es aus ihm heraus, natürlich nur im Flüsterton.

»So eine bezaubernde Schwiegertochter«, erwiderte Elisabeth, reckte sich zu ihm empor und gab ihm einen Kuss auf die Wange. Er schloss kurz die Augen, während er ihre Hand auf seinem Arm spürte. Und da war noch etwas: ein ganz leichter Schmerz in der Herzgegend. Ein zarter Stich. Eine Wehmut. Er hatte damit gerechnet, dass ihn dieses Gefühl überfallen würde an diesem Tag. Und sie auch. Ihr Blick ruhte auf ihm, liebevoll, aber auch traurig. Er nickte.

»Ich weiß«, sagte er leise, »aber nicht heute.«

»Heute machen wir es uns schön«, erwiderte sie. »Ich habe überlegt, ob ich zu den Nudeln eine Soße mit extra viel Sahne machen soll.« Nun mussten sie wieder lachen. Elisabeth hatte die Wehmut mit Leichtigkeit aus der Küche vertrieben. Pascal ging zum Kühlschrank, stellte sich so mit dem Rücken auf, dass seine Frau ihn nicht sehen konnte, nahm eine der kalt gestellten Flaschen Champagner heraus, löste den Draht, bewegte dann den Korken so vorsichtig hin und her, dass der mit nur einem ganz leichten Zischen aus der Flasche glitt. Sogleich ging er zum Schrank, griff nach zwei Gläsern und goss ihnen beiden je ein halbes Glas ein, bevor er an den Herd zurückging.

»Hier, Liebste«, flüsterte er, damit Christoph nichts von ihrem Gelage mitbekam.

»Jetzt schon?« Sie grinste ihn an.

»Für die Nerven«, erwiderte er. »Einen gesegneten Heiligabend.«

Sie nahm das Glas, und aus ihrem Grinsen wurde ein sanftes Lächeln. »Auf uns«, antwortete sie. Dann stießen sie an und tranken. Pascal sah, wie Elisabeth die Augen schloss. Auf diesen ihm so vertrauten Gesichtsausdruck hatte er gewartete, weil er es so mochte, wie sie das Prickeln genoss. Dass die Wehmut ihn gleich wieder packte, akzeptierte er.

Der Champagner war eiskalt, so frisch, mineralisch und von einer feinen Süße, dass er augenblicklich spürte, wie ihm die Bläschen in den Kopf stiegen und sich ausbreiteten. Und er spürte auch das warme Gefühl, das sie in seinem Bauch hinterließen. »Na, jetzt sind wir aber bestens vorbereitet«, sagte Elisabeth und gab ihm ihr leeres Glas zurück. »Wir Schnapsdrosseln.«

»Ich decke den Tisch. Meinst du, Cord kommt pünktlich?«

»Ist das eine ernst gemeinte Frage?«

Heiligabend, 12.38 Uhr

»Ihr habt einen wirklich schönen Baum«, sagte Christoph, ohne von seiner Zeitung aufzusehen.

Stimmt, dachte Pascal und betrachtete das Werk, das Elisabeth und er gestern gemeinsam vollbracht hatten: dunkelrote und perlmuttglänzende Kugeln, Strohsterne, ein kleines Holzrentier für Mats und der große Weihnachtsstern obendrauf. Sie hatten viel gelacht, als sie den Baum geschmückt hatten, zwischendrin aber auch einmal kurz innegehalten. Elisabeth hatte einfach seine Hand genommen und sie sanft gedrückt. Der Augenblick war schnell verstrichen, aber wenn er jetzt daran dachte, musste er schlucken.

Dieses Jahr hatte er wirklich einmal ein glückliches Händchen bewiesen. Die Nordmanntanne vom Weihnachtsmarkt in Brig war von einem tiefen und edlen Grün, die Nadeln schön dicht und gleichmäßig, die Spitze perfekt gewachsen. Wenn er da an den Baum aus dem Vorjahr dachte, den sie aus Düsseldorf mitgebracht hatten … Der Händler musste sie damals angeschmiert haben. Denn auf dem Markt hatte der Baum wunderschön ausgesehen, ebenso gerade und gleichmäßig wie der, der jetzt vor ihm stand. Allerdings war er dann noch kurz im Baumarkt gewesen und hatte den schon eingenetzten Baum erst eine halbe Stunde später abgeholt. Als er ihn dann im Haus in den Bergen aufstellen wollte, konnte er es kaum glauben: Der Baum, den er auspackte, war ein ganz anderer als der, den er meinte gekauft zu haben: auf der einen Seite voller dünner Äste, auf der anderen Seite ausgefranst und kahl, die Spitze war sicher dreißig Zentimeter lang und vollkommen nackt gewesen. Zu gerne wäre er wieder losgefahren und hätte dem Mann seine Krüppelkiefer vor die Füße geschmissen. Aber dazu wäre er selbst dann zu gutmütig gewesen, wenn er in Düsseldorf gewesen wäre und nicht eine Tagesreise weit entfernt vom Ort des verhängnisvollen Kaufs. Sie hatten den Baum also auf der bewachsenen Seite mit Schmuck behängt, dass er unter der Last der Kugeln fast zusammenbrach. Die nackte Seite hatten sie so nah an die Wand geschoben, dass sie niemandem auffiel. Und in der Tat hatte niemand etwas gesagt. Cleo hatte den Baum sogar bewundert – nur Gesine konnte sich eine stichelnde Bemerkung nicht verkneifen: »Na, hattest du beim Baumkauf deine Brille nicht mit?« Als ihm dieser Satz wieder einfiel, war er kurz davor, die Sahnesoße für die Nudeln gleich selbst zu kochen.

Aber es war schon zu spät, Elisabeth goss gerade den Topf mit kleinen, länglichen Trofie, gekochten Bohnen und Kartoffelstückchen ab, bevor sie sie mit ein wenig Kochwasser in eine Schüssel mit Pesto gab. Sofort breitete sich ein Aroma in der Küche aus, das ihn an einen Sommer in Italien erinnerte, der so lange her schien, dass er gleich wieder wehmütig wurde.

Er liebte es, dass Elisabeth so gut kochte. Es hatte ihn immer mit Dankbarkeit erfüllt, in der Küche zu stehen und ihr zusehen zu dürfen, für den Wein zu sorgen und vielleicht für die richtige Musik und einfach zu versinken in diesem Meer von Düften, von Aromen, von Kräutern und Gewürzen – und sich daran zu erinnern, wie viele gute Gespräche sie schon in dieser Küche geführt hatten. In ihrem Ferienhaus hatten sie sich stets mehr Zeit genommen fürs Kochen als in ihrem Alltag in Deutschland.

»Wir fangen an – wenn Cord und die Bande kommen, ist das Essen bestimmt noch warm.«

Elisabeth nahm die Schüssel und trug sie ins Wohnzimmer. »Mittag!«, rief sie so laut, dass es auch Gesine im ersten Stock würde hören können. Christoph ließ die Zeitung sinken und schnupperte. »Das riecht aber gut«, sagte er.

»Machst du schon einmal den Kamin an?«, fragte Elisabeth ihren Sohn. »Bei dir geht das immer schneller – dein Vater hat gestern wieder ewig gebraucht.« Sie zwinkerte Pascal zu, der ganz genau wusste, warum sie diese kleine List angewandt hatte. Elisabeth hatte eine große Fingerfertigkeit, wenn es um die Klaviatur der menschlichen Gefühle ging.

Christoph legte beflissen die Zeitung weg, stand auf und ging zum Kamin. Dann schichtete er fein säuberlich drei Hölzer auf, stopfte Zeitungspapier darunter und zündete den Haufen an. Fachmännisch schob er die Regler hin und her, dann schloss er die Scheibe. Im Inneren loderte jetzt eine schöne Flamme.

»So, das wäre geschafft«, sagte er zufrieden, als er sein Werk betrachtete.

»Oh nein«, tönte es von der Treppe. »Hast du das etwa gemacht? Du weißt doch, dass mich dieser Qualm umbringt. Ich hab so schon Kopfschmerzen.«

»Das ist doch gemütlich«, erwiderte Christoph und ging zu Gesine. »Und Mama hat mich darum gebeten.« Der Blick, den sich Elisabeth nun von Gesine einfing, ließ ganz und gar nicht auf eine besinnliche Stimmung schließen.

»Kommt, wir essen«, sagte Pascal, und alle nahmen am Tisch Platz. Mats stellte den Hamsterkäfig neben sich auf die Tafel.

»Ähm, Mats …« Elisabeth wies auf den Käfig.

»Aber Willi will auch was sehen.«

»Doch nicht beim Essen.«

»Du hast gesagt, er muss drinbleiben. Jetzt ist er drin.«

»Der Käfig muss beim Essen vom Tisch. Sagt denn auch mal ein Erziehungsberechtigter etwas?« Pascals Stimme war etwas lauter geworden.

»Doofer Opa. Doofe Oma.« Dann stellte Mats den Käfig widerwillig auf den leeren Stuhl neben sich.

»Wie war eure Fahrt?«

»Ach, es ging doch superschnell«, antwortete Christoph. »Münchner Ring, dann Bregenz und Feuer frei, immer geradeaus bis ins Wallis.«

»Wollt ihr nach Weihnachten noch weiter? Ihr habt ja gepackt, als hättet ihr eine längere Reise vor.«

»Nein, das ist alles für die zwei Tage hier. Gesine wollte auf Nummer sicher gehen, weil sie letztes Jahr so gefroren hat. Und Mats braucht sein Spielzeug – und Futter für Willi.«

Elisabeth warf Pascal einen genervten Blick zu.

»Wie gefällt es Mats in der Kita?«

»Er ist doch noch nicht in der Kita. Meint ihr, ich will alle drei Tage Schnupfen, Husten oder Magen-Darm haben? In München bringen die meisten ihre Kinder erst dann in die Kita, wenn es gar nicht mehr anders geht. Das ist für Familien – na ja, in denen die Frau arbeiten *muss*.« Gesines Stimme war etwas schrill geworden.

»Was ist denn das in den Nudeln?«, rief Mats aus.

»Das sind Pesto, Bohnen und Kartoffeln«, antwortete Elisabeth. »Dein Papa liebt dieses Gericht. Wir haben es früher immer im Urlaub in Italien gegessen.«

»Kartoffeln und Nudeln zusammen?« Mats verzog das Gesicht. »Das ist bäh.«

»Hmm, aber das gibt es jetzt nun einmal. Wir wollten zum Mittag etwas Einfaches essen.«

»Ich will das nicht.«

»Aber ...«

»Hast du auch Nudeln pur?«, fragte Gesine.

»Nein, sie sind gemischt.«

Genervt stand Gesine auf. »Dann koch ich dir schnell noch ein paar Nudeln, Matsi, du sollst ja nicht verhungern. Außerdem werden meine Kopfschmerzen hier sowieso immer schlimmer.« Und schon war sie in der Küche verschwunden, Mats im Schlepptau.

»Wie läufts in der Bank?«, fragte Pascal seinen ältesten Sohn.

»Es war ein gutes Jahr, trotz der gestiegenen Zinsen. Wir kriegen einen mörderischen Bonus.«

»Also so wie jedes Jahr?«

»Ganz genau. Augen auf bei der Berufswahl, wie ich immer sage.«

»Und wird Gesine wieder arbeiten?«

Bevor Christoph antworten konnte, tönte es aus der Küche: »Ja, ich werde Mats noch ein Jahr betreuen – und dann habe ich vor, einen kleinen Laden aufzumachen, im Zentrum von München, irgendwo in Schwabing oder so. So für ausgewählten Modeschmuck und Accessoires, Handyketten und derlei. Alles, was mir selbst gefällt.«

»Wow, ein eigener Laden, und dann noch mitten in München, ist das nicht teuer?«

»Ach, woher denn? Wir werden das schon machen. Christoph finanziert den Anschub – und dann wird das Kind schon von alleine laufen. Die Münchner Frauen sind verrückt nach solchen Dingen, die das Leben schöner machen.«

»Und liegt dir das ... na ja, so diese Art Service?«, fragte Pascal in Richtung Küche. »Wo man freundlich sein muss zu den Kunden?«

»Natürlich«, erwiderte Gesine und sah durch die Tür zu ihnen. »Ich glaube schon, dass ich ziemlich gut beraten kann.

»Meinst du echt?«, flüsterte Pascal nach einer Weile und sah seinen Sohn drängend an. »An Gesines Job in der Stadtverwaltung ist doch eigentlich nichts auszusetzen. Den einfach aufzugeben in diesen Zeiten, ist das nicht arg unvorsichtig?«

»Sie macht, was sie will – und das finde ich auch richtig, mein lieber Herr Papa. Wir sind doch nicht mehr im Mittelalter, wo ich meiner Frau befehle, was sie zu tun oder zu lassen hat. Und wenn sie einen Schmuckladen aufmachen will, dann soll sie das machen. Außerdem ist es bestimmt schön für Mats, wenn er nach der Kita oder nach der Schule bei ihr im Laden spielen kann.«

»Oh ja, die Damen von Welt stehen bestimmt auf Hamster, die an ihrem Modeschmuck nagen.« Elisabeth grinste. Pascal legte seinen Kopf schief und sah seine Frau an. »Vielleicht machen wir dann einen Laden für Kaminholz und leckere italienische Nudeln auf, was meinst du? Wenn Christoph uns eine Anschubfinanzierung gibt …«

Heiligabend, 13.28 Uhr

»Puuh, das war echt fein«, sagte Pascal und blickte in die Runde. Christoph kaute noch und nickte nur, während Gesine ihren Teller schon weggeschoben hatte und aus dem Fenster blickte.

»Wann kommt denn der Weihnachtsmann?«, fragte Mats, der schon wieder an der Hamsterkäfigtür rumspielte.

»Passt bitte auf den Hamster auf!«, sagte Pascal. »Nicht dass er noch in den Kamin springt.«

»Ihr müsst echt das Holz besser trocknen«, sagte Gesine leise, »riecht das denn außer mir niemand?« Sie rieb sich die Schläfen.

Sie hörten das Knirschen von Autoreifen im Schnee, und Pascal stand freudig auf. »Na, sonst hupt doch Cord immer …«, sagte er und runzelte die Stirn. Sein zweitältester Sohn war der Gute-Laune-Magnet dieser Familie. »Kommt, wir begrüßen sie …«

Doch Christoph schaffte es nur bis zur Couch, auf die er sich fallen ließ und sofort wieder nach der Zeitung griff. Pascal und Elisabeth gingen zur Tür, während sich zwei Türen an dem VW-Bus öffneten: die Fahrertür und die Schiebetür. Heraus stiegen vorne Cord und hinten Ronja, die ihre kleine Schwester auf dem Arm trug.

»Was ist denn das für ein Schnee?«, fragte Cord, als wäre das die einzige Frage, die es jetzt zu stellen galt. »Wir dachten auf der Fahrt, wir würden in einen Emmerich-Katastrophenfilm hineinfahren – *Die Lawine schlägt zurück* oder so.«

»Willkommen«, sagte Elisabeth und drückte Ronja und die kleine Thea an ihre Brust. Pascal umarmte Cord, dann hielt er ihn ein Stück von sich weg und fragte laut: »Wo ist denn Sylvie? Ist sie etwa krank?«

»Sie konnte nicht mitkommen«, sagte Cord kurz angebunden. Doch Ronja fügte hinzu:

»*Maman* und Papa haben gestritten – und jetzt müssen wir ohne *maman* Weihnachten feiern. Das hat Papa entschieden.«

»Na kommt, geht rein.«

»Was ist denn los?«, fragte Pascal mit einem erschrockenen Unterton. »Was ist passiert?«

»Können wir vielleicht erst mal ankommen?«, brauste Cord auf und verschloss den VW-Bus mit einem beherzten Drücken auf seinen Schlüssel, als könne er damit die Unterhaltung beenden. »Herrgott noch mal.«

»Ist ja gut«, murmelte Pascal und wies ihm den Weg hinein. Ronja hatte schon Thea ausgezogen und streifte sich selbst gerade den Schnee von den Schuhen, Cord streichelte ihr über den Kopf, dann zog auch er sich aus, hängte seine Jacke ans Bord und legte den Schlüssel auf den kleinen Tisch im Flur, dann trat er durch.

»Hallo, ihr Lieben«, flötete Gesine, als sie endlich im Wohnzimmer standen. »Willkommen. Na, wo ist denn eure Mama? Holt sie noch das Gepäck?«

Pascal sah, wie Elisabeth die Stirn runzelte. Sie wussten beide, dass Gesine ein Seismograph menschlicher Stimmungen war – und Sylvies Abwesenheit würde ihr viel Gesprächsstoff liefern. Zudem verstand sie sich mit Cord sehr gut – wenn sie angeschickert war, sogar besorgniserregend gut.

»Sie ist in Genf geblieben«, sagte Cord kurz, »hi, Gesine.«

Er drückte ihr einen Kuss auf die Wange, dann trat er an die Couch. »Na, Bruderherz? Schaust wohl ob deine Aktien wieder durch die Decke gehen? Dann könntest du dir endlich mal ein anständiges Auto kaufen und nicht so eine hybride Ökokarre.«

»Uns ist die Zukunft unseres Planeten eben nicht egal«, erwiderte Christoph und stand auf, um seinem Bruder die Hand zu geben.

»Wenn die Zukunft der Erde an einem Elektroauto mehr oder weniger hängt, dann sieht es wirklich trostlos aus für unseren Planeten«, erwiderte Cord. »Was gibt's zu essen?«

»Elisabeth hat Trofie nach dem genuesischen Rezept gemacht, mit Bohnen und Kartoffeln, es ist noch reichlich da.«

»Oh, lecker!«, rief Cord und setzte Thea auf die eine Seite neben sich in den Kinderstuhl, Ronja nahm auf der anderen Seite Platz. Er gab erst den Kindern, um sich dann selbst eine große Portion auf den letzten leeren Teller zu schaufeln. »Ich liebe Bohnen.«

Elisabeths Blick war ganz gerührt, so wie damals, als sie ihren Zweitgeborenen immer dabei beobachtet hatte, wie er riesige Mengen verschlang. Er war aber auch ein Bär von einem Mann: ein attraktiver Hüne von fast zwei Metern Körpergröße, mit dichtem dunkelbraunem Haar und einem Dreitagebart, der ihn immer noch wie Anfang dreißig wirken ließ, dabei ging er langsam deutlich auf die vierzig zu.

Ronja war elf, und eigentlich hatten Pascal und Elisabeth geglaubt, dass Sylvies und Cords Familienplanung nach ihrer Geburt abgeschlossen sei. Aber vor zwei Jahren gab Sylvie an Weihnachten bekannt, dass sie wieder schwanger sei. Und nun war Thea schon anderthalb und aß ganz genüsslich mit den Händen eine Nudel nach der anderen, sie leckte die Soße ab und kaute dann lange auf jeder einzelnen herum.

»Oh, Willi!«, rief Mats, und Pascal sah, wie der Hamster losrannte. »Ich habe doch gesagt, nicht im Wohnzimmer!«, rief er streng.

»Doofer Opa«, antwortete Mats und rannte hinter Willi her.

Cord sagte mit vollem Mund: »Ist ja alles wie immer hier.«

Gesine schaltete sich jetzt auch ein: »Mats, setz ihn wieder in den Käfig. Du kannst ihn nachher in deinem Zimmer laufen lassen.«

»Der is aber süß«, sagte Ronja, die sich immer bemühte, Mats eine liebe Cousine zu sein, auch wenn der es ihr nur selten dankte.

»Das ist Willi«, sagte Mats und streckte Ronja den Hamster einmal quer über den Tisch hin, sodass er fast auf ihrem Teller landete. Sie streichelte das Tier, während Cord die Nase rümpfte. »Ich hasse Nager«, sagte er.

»Doofer Onkel Cord!«, rief Mats ganz empört. Dann setzte er den Hamster wieder in den Käfig und verschwand irgendwo im Haus, um etwas Neues auszuhecken.

»Also, wir freuen uns riesig auf den Heiligen Abend, oder, Ronja?« Cords Stimme sollte wohl fröhlich klingen, aber Pascal merkte ganz genau, dass sein Sohn sich anders anhörte als sonst.

»Ja …«, antwortete Ronja kauend. »Aber ich werde *maman* vermissen.«

»Glaubt Mats eigentlich noch an den Weihnachtsmann?«, fragte Cord schnell in Christophs Richtung. »Nur damit Ronja nachher weiß, ob sie ihm was vorspielen muss.«

»Wir sind zwar eigentlich gegen die Kommerzialisierung des Festes«, entgegnete Gesine an seiner statt, »aber Mats kriegt natürlich einige Geschenke, die vom Weihnachtsmann kommen, ja.« Sie wandte sich an Ronja. »Es wäre schön, wenn du ihm die Illusion lassen könntest.«

»Na klar«, erwiderte das Mädchen und wirkte nicht so, als hätte sie die gestelzte Bitte befremdet.

»Und gehen wir in die Kirche? Ronja liebt doch den Chor so.«

»Wenn ihr mögt, na klar, sehr gern.«

»Wirklich?« Gesine verzog das Gesicht. »Ich mag den Weihrauch gar nicht – und zudem hat sich die Institution Kirche bei den Schlagzeilen, die in diesem Jahr zu lesen waren, ja nun wirklich disqualifiziert.«

»Herrgott, Gesine«, sagte Cord, »einmal im Jahr – du musst ja nicht vor dem Priester niederknien.«

Pascal konnte sich ein Lachen nicht verkneifen.

»Na ja, wenn du meinst«, sagte Gesine und lächelte Cord an. »Aber wenn die Predigt allzu konservativ ist, dann gehe ich raus. Ich kann mir nichts übers Fegefeuer anhören – oder über eine wundersame Geburt in einem Stall in Nahost.«

»Mats?« Cord wirkte auf einmal angespannt. »Kannst du den Schlüssel wieder hinlegen, wo er war? Auf den Tisch im Flur?«

»Aber da ist ein Löwe dran. Und weißt du, wer auch Löwe als Sternzeichen hat, Onkel Cord? Ich.«

»Ich weiß«, erwiderte Cord. »Aber leg ihn bitte wieder auf den Tisch, ja? Das ist kein Spielzeug.«

»Doofer Onkel Cord«, erwiderte Mats und verschwand im Flur.

»Vielleicht verlieren wir ihn ja auf dem Heimweg aus der Kirche«, flüsterte Cord.

»Was?«, fragte Gesine.

»Ach nichts«, antwortete Cord schnell. »Ich hab nur gesagt, dass es wunderbar schmeckt. Danke, Mama.«

Heiligabend, 14.31 Uhr

»Wann machen wir denn endlich Bescherung?«, fragte Gesine eine Spur zu laut, als dass nur Christoph die Frage hätte hören können.

»Wir wollten doch erst noch in den Schnee«, erwiderte der, das Gesicht nach wie vor hinter der Zeitung verborgen.

»Aber Mats ist doch schon so aufgeregt«, sagte wiederum seine Frau.

»Wann kommt denn der Weihnachtsmann?«, krähte daraufhin Mats. »Der muss doch schon gleich hier angekommen sein, oder hat der sich etwa verfahren?«

Pascal sah Cord an, was er vorhatte, und wollte ihn gerade noch aufhalten, aber da war es schon passiert: »Warst du denn auch schön brav?«, fragte sein Sohn den kleinen Jungen. »Hast du deine Eltern immer gut behandelt und …«

»Cord!«, rief da Gesine, »jetzt hör aber mal – Mats muss doch keine Haltungsnoten bekommen, nur um ein Geschenk zu kriegen – also nun …«

»Ich glaube, wir sollten uns alle mal abkühlen«, sagte Elisabeth, die eben aus der Küche kam, wo sie sich seit einer Weile verschanzt hatte. Wie die letzten Jahre auch kam sie nur noch heraus, um Feuerwehr zu spielen, wenn es gar nicht mehr anders ging. »Mats, magst du mit uns allen Schlitten fahren? Und wenn wir wiederkommen, dann kann es ja sein, dass der Weihnachtsmann schon da war. Du weißt ja, der Weihnachtsmann und die Wichtel sind sehr scheu, die werden nicht gern bei ihrer Arbeit beobachtet. Und vielleicht ist dann ja auch unsere Cleo endlich da.«

Von ihrer Tochter gab es immer noch kein Lebenszeichen. Pascal spürte eine leise Sorge aufkeimen – andererseits: Es war Cleo. Würde sie es vor der Bescherung schaffen, wäre er eher überrascht. Hätte sie pünktlich zum Mittagessen geklingelt, wäre es einem Weihnachtswunder gleichgekommen. Wahrscheinlich würde sie am frühen Abend eintreffen – wenn der ganze Geschenkewahnsinn schon vorbei war. Aber er wollte Elisabeth gerne in dem Glauben lassen, dass ihre Jüngste gleich auftaucht.

»Au ja!«, rief Mats, »Schlittenfahren, ich will Schlittenfahren.«

»Komm mit, wir holen den Schlitten aus dem Schuppen, ja? Komm, Ronja, für dich habe ich den großen Holzschlitten von Pascal.«

»Ich will aber den großen Schlitten!«, rief Mats.

»Der is doch viel zu groß für dich«, fauchte Ronja den Jungen an.

»Immer schön abwechseln«, sagte Gesine streng.

»Aber er ist wirklich ziemlich groß«, bemerkte Pascal.

»Wir holen jetzt die Schlitten, und dann sehen wir weiter. Wir treffen uns alle draußen, ja? Ach, und vorher stellen wir noch Kekse und Milch hin für den Weihnachtsmann und die Wichtel; die werden hungrig sein. Einverstanden?«

»Oh ja …«

Und schon waren Elisabeth und die beiden Kinder in der Speisekammer verschwunden, bereiteten einen Teller Kekse und ein Glas Milch vor, und dann zogen sie sich an, um gleich darauf nach draußen zu gehen.

»Ich hol mal meine Winterjacke.« Gesine stieg wieder die

Treppe hinauf, und im Wohnzimmer war es auf einmal so still wie seit zwei Stunden nicht mehr. Pascal fühlte sich plötzlich sehr müde, er lehnte sich gegen die Zarge der alten Holztür und schloss einen Moment die Augen. Puuh, das konnte ja was werden. Andererseits freute er sich tatsächlich auf das Schlittenfahren. Wie gern hatte er das früher mit seinen Söhnen gemacht. Die saßen nun mit einigem Abstand voneinander auf der Couch und ignorierten einander.

»Stille Nacht, heilige Nacht«, sagte Cord mit ironischem Unterton. Thea saß auf seinem Oberschenkel, und er ließ sie immer wieder auf- und abhüpfen. Christoph hatte sich inzwischen den Sportteil geschnappt.

Pascal trat zu seinem zweitältesten Sohn und sagte: »Wenn du nicht drüber reden willst, dann eben nicht. Ich wollte nur sagen: Ich bin da, wenn du jemanden zum Zuhören brauchst.«

Cord hob den Blick, und sein Lächeln erlosch. Er nickte und sagte: »Ich weiß. Danke. Aber jetzt …«, er hob Thea hoch, »jetzt ziehen wir dich erst mal an und stürzen uns in das paradiesische Weiß des Schneeeees…« Er zog das Wort in die Länge wie einen Kaugummi und ließ seine Tochter dabei fliegen, die vor Vergnügen laut aufschrie, dann setzte er sie auf den Fußboden und holte ihre Wintersachen. Pascal sah ihm einen Moment zu. Was war nur passiert? Er mochte Sylvie sehr – sie sorgte nie für solche nervigen Momente wie die Frau an Christophs Seite –, aber was auch immer geschehen war, es schien ernst zu sein. Sonst hätte Cord nie zugelassen, dass seine Frau Weihnachten mit der Familie verpasste.

»Kommst du auch mit?«, fragte Cord, »oder willst du dir die Niederlage im Schlittenrennen gegen mich lieber gleich ersparen?«

»Ich komme sofort«, sagte Christoph, sah aber nicht von seiner Zeitung auf.

»Alter Langweiler«, sagte sein Bruder, »wenn du in fünf Minuten nicht draußen bist, dann hole ich dich.«

Auch Pascal hatte sich mittlerweile seinen alten Lodenmantel angezogen, den er nur hier in der Schweiz trug. In Düsseldorf hätte er sich damit nicht aus dem Haus getraut, aber hier passte es. Er wickelte sich den roten Schal um, mit dem er immer aussah wie Walter Momper, dann folgte er seinem Sohn hinaus in den Schnee. Hinterm Haus ging es sachte bergan, es war der perfekte Ort für eine Rodelpartie. Cord blieb stehen und lächelte. »Unglaublich. Damals kam er mir so hoch vor. Als ich ein Kind war, meine ich. Weißt du noch? Da dachte ich, das hier sei der Mount Everest. Und jetzt? Jetzt wirkt der Berg nur wie ein flacher Hügel.«

»Aber nicht wenn du oben bist, auf dem Schlitten sitzt und nach unten schaust. Dann kommt er dir wieder sehr hoch vor«, erwiderte Pascal. Er sah, wie Elisabeth ein Stück weiter oben zwei Schlitten hinter sich herzog, auf denen die Kinder saßen. »Und eure liebe Mutter macht den Packesel für euch Eltern, herrjemine.« Cord lachte. »Tja, als Alleinerziehender braucht man eben Hilfe.«

Pascal sah seinen Sohn ernst an. »Du. Darüber macht man keine Witze.«

Cord blickte zur Seite. »Mache ich ja auch nicht.«

»Was willst du damit sagen?«

»Echt – dafür brauche ich erst mal 'n Glühwein. Dann erzähl ich es dir, okay? Später …« Er legte seinem Vater die Hand auf den Unterarm, dann stapften sie weiter den Berg hinauf. Bei jedem Schritt sanken ihre Füße tief im Schnee ein.

Es schneite noch immer kleine, leichte Flocken, der perfekte dichte Pulverschnee für ein Schlittenrennen. Es war kalt, aber Pascal war es in seinem dicken Mantel trotzdem sehr warm, und er überlegte schon ihn auszuziehen. Aber er durfte nicht krank werden, keine Erkältung bekommen – das dürfte er jetzt auf gar keinen Fall riskieren.

Er wischte den Gedanken weg, besser: Cord wischte ihn weg, indem er sich zu seinem Vater umdrehte und das Panorama um sie herum betrachtete. Da war der Schlittenhügel, auf den sie eben emporkraxelten und an den sich eine noch steilere Steigung anschloss. Im Sommer war hier eine sattgrüne Wiese mit Bergkräutern, auf der die Kühe grasten, um Milch für den aromatischen Käse zu geben, den man in einem kleinen Laden unten im Dorf kaufen konnte. Und noch weiter oben fing dann das echte Gebirge an, das Haus, Dorf und das ganze Tal begrenzte, dahinter nur noch Weite.

»Es ist echt nicht zu glauben, dass ihr hier jeden Winter so viele Wochen verbringt und noch nie Ski gefahren seid.« In Cords Stimme lag der pure Unglaube.

»Na hör mal«, erwiderte Pascal. »Mama betreibt immerhin Langlauf.«

»Langlauf – und das hier – im Wallis. Hier fährt man Abfahrt.« Cord schüttelte den Kopf. »Und während Mama Langlauf macht, sitzt du am Kamin. Statt die Pisten runterzuheizen und Schneehasen kennenzulernen.«

Pascal zog eine Augenbraue hoch. »Du hast ja gute Laune, mein Sohn. Sind etwa Schneehasen der Grund, warum du heute alleine gekommen bist?«

Cord antwortete nicht, stattdessen sagte er leise zu Thea: »Jetzt wird der Opa böse mit deinem Papa, na siehste ...« Dann drehte er sich wieder um und stapfte weiter bergan. Pascal folgte in einigem Abstand. Oben versuchte Elisabeth gerade Mats davon zu überzeugen, sich auf den Schlitten zu setzen, doch das Gesicht des Kindes wirkte nicht so, als hätte sie Erfolg damit.

»Komm, Mats, wirklich, ich sitze hinten drauf. Oma sitzt hier.« Sie setzte sich auf den hinteren Teil des Schlittens und wies mit der Hand vor sich. »Komm, setz dich vor mich. Letztes Jahr sind wir doch auch hier zusammen runtergesaust, und du fandest es großartig.«

»Nein, ich hab Angst!«, rief Mats. »Und mir is kalt.«

»Guck mal, Mats«, sagte Ronja lachend, »ich mach es vor.« Sie stieß sich mit den Füßen ab und überwand die kleine Bergkuppe, dann nahm sie richtig Fahrt auf, schrie und jauchzte vor Vergnügen. Als sie auf ihrer Höhe angekommen war, klatschte sie mit Pascal im Vorbeirasen ab, die Männer drehten sich um und beobachteten die rasante Talfahrt des Mädchens. »Wenn ich das sehe, kriege ich auch richtig Lust!«, rief Cord und hastete den Hügel hinauf. »Mats, runter vom Schlitten! Wenn du nicht willst, dann fahre ich.«

Da war der Junge auf einmal schneller auf dem Schlitten, als sie alle gucken konnten. »Nein, das ist meiner.« Cord blieb vor ihm stehen. »Aber du rodelst ja nicht.«

»Doch. Gleich.«

»Wann denn?«

»Wenn Mama da ist.«

Gesine stapfte langsam den Berg hinauf.

»Das dauert aber noch. Lass mich doch fahren, ich bring dir den Schlitten dann auch gleich wieder rauf.«

»Nein.«

Der Junge stemmte die kleinen Hände in die Hüften, Pascal wusste sofort, von wem er diese Geste hatte. Wo war Christoph überhaupt?

»Guck mal da!«, rief Cord und wies den Berg hinauf.

Mats drehte sich nach oben, und Cord zog kurz und kräftig an der Schnur, die er Elisabeth entwunden hatte. Der Junge fiel rücklings vom Schlitten und landete im weichen

Schnee. Cord setzte sich sofort auf den Schlitten und stieß sich ab, dann juchzte er wie seine Tochter und sauste los, während Mats ihm nachsah und augenblicklich zu weinen begann.

»Was ist denn hier los?«, rief Gesine, die nun endlich oben angekommen war. »Was ist denn …«

»Blöder Onkel Cord!«, rief Mats, »der hat mich vom Schlitten geworfen.«

»Er hat *was?*« Gesines Stimme überschlug sich fast.

»Na ja«, stammelte Elisabeth, die das Geschehen als nicht ganz so dramatisch einordnete und sich nicht gleich für eine Seite entscheiden konnte.

»Hat Cord wirklich Mats vom Schlitten geworfen? Ein erwachsener Mann, der einen Fünfjährigen …«

»Nun mach mal halblang«, murmelte Pascal, wofür er von Elisabeth einen wütenden Blick zugeworfen bekam. »Er wollte Schlitten fahren, aber Mats wollte ihn nicht …«

»Doofer Opa!«, rief Mats, und Schnodder lief aus seiner Nase.

»Das war cool.« Ronja, die nicht mitbekommen hatte, worum es ging, war wieder oben angekommen. Sie hatte rote Wangen vor Aufregung und Kälte. Ihre Mütze war voll Schnee. »Ich bin unten in eine Schneewehe gerast. Da liegt so viel Schnee, Hammer …«

»Du kannst dir den Schlitten mit deinem Vater teilen, ja? Der kommt da«, sagte Gesine und hielt ihr die Hand hin. »Der hat Mats nämlich den Schlitten weggenommen.«

Noch bevor Pascal Einspruch erheben konnte, gab Ronja Mats den Schlitten. »Magst du fahren? Cool.« Sie lachte. »Hier …«

»Nur mit Mami!«, rief Mats. Gesine blickte missmutig drein, setzte sich dann aber hinter ihren Sohn. »Na, dann wollen wir mal«, sagte sie und schob sich vorsichtig an. »Halt dich gut fest, ja?« Sie fuhren langsam los, Gesine bremste alle fünf Meter wieder mit ihren Füßen. »Und? Ist das gut so?« Der Junge rief: »Schneller, schneller!«, als er spürte, wie lustig das werden konnte, aber seine Mama sagte immer wieder: »Nee, so reicht es …«

Pascal sah ihnen kopfschüttelnd nach.

»Los, Papa, wir zusammen, ja?« Cord war wieder oben angekommen.

»Böser Junge«, sagte Elisabeth und grinste.

»Der Zweck heiligt die Mittel«, antwortete ihr Sohn. »Na los, Ronja«, sagte er, »komm schon. Du hältst Thea, okay?« Er setzte ihr das Kleinkind zwischen die Beine, dann nahm er hinter Ronja Platz. »*Maman* liebt Schlittenfahren auch so«, sagte die leise und sah traurig ins Tal.

Pascal warf Cord einen fragenden Blick zu, doch der wendete schnell seinen Kopf ab.

»Los geht's!«, rief er, stieß sich kräftig ab, und der Schlitten raste nach unten. So zackig, dass sie auf halber Strecke Gesine und Mats überholten.

Elisabeth und Pascal sahen ihnen lächelnd nach.

»Was ist da los bei Cord und Sylvie?«, fragte Pascal. »Was glaubst du?«

Elisabeth wischte sich über das vom Schnee nasse Gesicht. »Ich hab kein gutes Gefühl«, sagte sie leise. »Aber wenn ich mir vorstelle, dass mir ausgerechnet die eine liebe Schwiegertochter abhandenkommt – hätte es nicht andersrum sein können?«

»Wenn du so weitermachst, dann gehst du nach dem Weihnachtsgottesdienst gleich noch zur Beichte«, sagte Pascal, und beide mussten grinsen. »Meinst du, er wird noch drüber reden?«

»Merkst du es nicht? Er will unbedingt drüber sprechen Es platzt förmlich aus ihm heraus.«

»Aber er sagt mir nichts.«

»Schon als er ein Teenager war, ist Cord mit seinen Liebesangelegenheiten immer zu mir gekommen«, erwiderte Elisabeth sanft. »Du warst mit deiner sachlichen Art vielleicht eher für Christoph ein Anker …«

»Aber der war ja nun auch nicht gerade so gesprächig, wenn es um die Liebe ging …«

»Genau das meine ich.«

»Hör mal, wenn du zu Gesine fies bist, in Ordnung, aber nicht zu mir, ja? Nicht in meinem Zustand.«

»Ich werde es beherzigen, *mon cher* Pascal«, murmelte sie und lächelte. »Wollen wir auch mal fahren?«

»Ich wüsste nicht, was dagegensprechen sollte«, erwiderte Pascal. »Los, wir klauen Cord einen Schlitten.«

Heiligabend, 15.10 Uhr

»Mann, Papa«, sagte Cord grinsend, »das ist echt das erste Mal, dass ich dich auf einem Schlitten gesehen habe.« Eben waren Elisabeth und Pascal nach ihrer Talfahrt wieder nach oben gestapft.

»Tja, Alter schützt vor Spaß nicht«, erwiderte Pascal augenzwinkernd.

»Und nun meine Lieblingsdisziplin!«, rief Cord. »Wir rollen uns den Hang runter. Der Pulverschnee ist perfekt – so komplett weiß war es hier lange nicht mehr.«

»Ohne mich«, sagte Pascal, »meine Hüfte schmerzt eh schon.«

»Oh ja!«, rief Mats, der den Groll gegen seinen Onkel vorübergehend vergessen hatte.

»Aber dann wirst du ja ganz nass«, sagte Gesine mahnend.

»Bitte, Mama, ich will aber …« Er umklammerte ihr Hosenbein.

»Na gut, aber nur einmal.«

Cord übergab derweil Thea an Elisabeth, hob dann Ronja hoch und legte sie quer vor seine Füße in den Schnee.

»Und nun schubse ich dich an, ja?« Ronja nickte. Also gab er ihr einen Stoß, das Mädchen nahm Fahrt auf, wurde immer schneller und kullerte den Hang hinunter, es sah so komisch aus, dass Elisabeth und Pascal zu lachen begannen und sogar Gesine einstimmte.

»Und jetzt du, Mats«, sagte Cord, hob seinen Neffen hoch und schubste ihn an, etwas vorsichtiger, als er es bei seiner eigenen Tochter gemacht hatte. Aber der Kleine gewann auch gut an Geschwindigkeit, Ronja hatte die Bahn ja schon eingeebnet, also sauste auch er unter freudigem Jauchzen gen Tal. Gesine hatte rote Wangen, so stolz schien sie auf ihren Sohn zu sein.

»Und nun ich!«, rief Cord, ließ sich ebenfalls in den Schnee fallen, drehte sich dreimal aus eigener Kraft um die eigene Achse und sauste dann den Hang hinab, seine Umdrehungen sahen fast schmerzhaft aus, so schnell war er. Pascal hielt den Atem an. Dann schalt er sich innerlich: Cord war sechsunddreißig Jahre alt, er würde schon wissen, was er sich zutrauen konnte. Dennoch blieb Pascal nichts anderes, als den kleinen Cord zu sehen, den er immer im Auge behalten musste.

Unten angekommen, stand Cord auf und reckte den Daumen nach oben: alles gut gegangen.

»Noch mal?« Pascal wies auf den Schlitten.

»Na klar«, antwortete Elisabeth. »Aber nicht mit ihr.«

»Ich laufe lieber«, sagte Gesine und streckte die Arme aus, dann nahm sie Thea, und ihr Gesichtsausdruck wurde ganz sanft. »Ich trag die Kleine runter.«

Elisabeth nahm Platz, Pascal setzte sich dicht hinter sie und umfasste ihren Bauch, sie ließ es zu, und sie hielten einen Moment in dieser Berührung inne. Dann stieß er sich ab, und sie glitten durch den Schnee, nahmen die Bergkante, und dann wurde die Fahrt immer schneller und schneller. Pascal spürte den Fahrtwind im Gesicht, der Schnee stiebte unter ihnen und flog ihnen ins Gesicht, und dann sausten sie an Cord und Mats und Ronja vorbei, sahen nur noch die weiße Schneewand vor sich, sodass Pascal es kurzzeitig mit der Angst bekam und zu bremsen versuchte. Doch sie waren zu schnell, und dann gab es den Aufprall, einen weichen Aufprall, gottlob, der erst Pascal und dann Elisabeth vom Schlitten warf, sodass beide in den Schnee fielen. Als sie sich versichert hatten, dass keinem von beiden etwas geschehen war, fingen sie an zu lachen und standen auf.

Nun war es Cords Gesicht, das einen besorgten Ausdruck hatte, aber als er sah, dass es allen gut ging, strahlte auch er.

»Nun einen Glühwein«, sagte Pascal, und sie gingen ins Haus.

»Und dann machen wir Bescherung? Ist der Weihnachtsmann da gewesen?«

»Na, das werden wir gleich sehen«, sagte Elisabeth schnell, doch es war Cord, der abrupt stehen blieb und entgeistert auf das kleine Tischchen im Flur starrte.

»Ronja«, sagte er, und sein Ton war ganz verändert. »Du hast den Schlüssel nicht, oder?«

Seine Tochter ging an ihm vorbei und blickte auf den leeren Tisch. »Vom Auto? Nee ...«

»Mats«, sagte Cord streng. »Wo ist mein Autoschlüssel? Hast du etwa doch damit gespielt?«

»Nein, ich ...«, der Kleine sah hoch, und dann glitt seine Hand zu seiner Jackentasche.

»Jetzt sag nicht ...« Cord hatte schon alles erfasst, bevor die unerfreuliche Wahrheit ausgesprochen wurde. »Ich habe dich doch dreimal gebeten, den einfach liegen zu lassen.«

»Aber der Löwe – ich bin doch Löwensternzeichen.«

»Es heißt *Sternzeichen Löwe* – und das ist mir jetzt echt egal –, wo ist der Schlüssel?«

Der Junge zog die Hand wieder aus der Tasche und zuckte mit den Schultern, in seinem Blick lag eine Mischung aus Trotz und Furcht. »Ich hab ihn nicht.«

»Was soll das heißen – ich dachte, du hast ihn?«

»Er is nicht mehr da.«

»Er war in deiner Tasche?«

Mats nickte. Cord griff dem Jungen vorsichtig, aber mit wachsender Panik an die Jackentasche. Sie war offen.

»Und du bist mit offener Jackentasche den Hang runtergerollt?«

Mats nickte wieder und senkte den Blick.

»Verdammt.«

»Was ist denn los?« Gesine kam um die Ecke und sah die Versammlung in der Tür, Thea gluckste fröhlich auf ihrem Arm vor sich hin.

»Dein Sohn«, Cords Stimme bebte so wütend, wie Pascal es lange nicht mehr gehört hatte, »dein Sohn hat eben meinen Autoschlüssel im größten Schneeberg verloren, den ich seit Jahren gesehen habe – und es war mein einziger Schlüssel. Und jetzt stehen wir hier am Ende der Welt, mit einem Auto, in dem noch unsere Sachen sind und unsere Klamotten und alle Gesch…«, er brach mit Blick auf die Kinder gleich ab, »… und gleich wird es dunkel …«

»Jetzt mal ganz ruhig …« Gesines Blick wanderte zwischen Cord und Mats hin und her. »Hast du wirklich den Schlüssel genommen?«

Mats rannte erst zu seiner Mama und hielt sich an ihrem Bein fest, dann nickte er kaum sichtbar.

»Oh Mann«, murmelte Gesine und schloss kurz die Augen. »Das ist doch alles nicht zu glauben. Ich krieg schon wieder Kopfschmerzen.«

»Und ich krieg gleich 'n Megawutanfall.«

»Davon werden wir dein Auto aber auch nicht aufbekommen«, erwiderte Gesine, und Pascal bewunderte sie in diesem Augenblick für ihre besonnene Bemerkung. »Tja, da bleibt uns nichts anderes übrig, als ihn zu suchen.«

»Mir is aber kalt, Mama.« Mats begann zu jammern.

»Dann geh schon rein. Es ist ja wirklich eiskalt. Wir suchen den Schlüssel. Du kannst bei Papa warten.«

Und schon war Mats verschwunden. Genau wie Pascals gerade aufkeimender Respekt für Gesine. Cord warf seinem Vater einen gequälten Blick zu. »Ronja, passt du auf Thea auf?« Das Mädchen nickte und griff nach seiner kleinen Schwester.

»Na, dann mal los«, sagte Gesine und ging mit dem Eifer einer Expeditionsführerin wieder in Richtung Berg. »Wie sieht der Bund denn aus?«

»Schwarzer VW-Schlüssel, Plüschlöwenanhänger und ein grünes Schlüsselband.«

»Na, das müsste doch zu finden sein«, antwortete Gesine. Doch als sie dann vor dem Hang standen, schien Pascal die Aufgabe unlösbar. Die ganze Rodelstrecke müsste abgesucht werden, und es war – abgesehen von ihren Fuß- und Schlittenspuren und den Spuren, die ihre Körper beim Abhangrollen hinterlassen hatten – nur eine weiße Fläche zu sehen. Zudem hatte es wieder zu schneien angefangen.

»Wir teilen uns auf«, befahl Gesine. »Cord und ich beginnen oben. Ihr beide, Elisabeth und Pascal, sucht hier unten. Und zwar nur an den Stellen, wo es Abdrücke gibt. Denn woanders waren wir ja nicht.«

Pascal war überrascht, wie klar und präzise Gesines Anweisungen waren, wie überlegt ihr Vorgehen. Womöglich wäre sie tatsächlich eine talentierte Unternehmerin. Dennoch waren die Chancen sehr gering, den Schlüssel hier zu finden, glaubte er. »Es schneit viel zu heftig. Wenn er Mats vor zehn Minuten aus der Tasche gefallen ist, ist er jetzt längst von Schnee bedeckt.«

»Dann müssen wir bei den Spuren eben ein bisschen buddeln.«

Pascal schüttelte den Kopf. »Cord, echt jetzt, hast du nicht zu Hause noch einen Schlüssel? Und könntest du nicht Sylvie anrufen, dass sie ... was weiß ich ... ihn herbringt?«

»Ich glaube, ich hatte immer noch keinen Glühwein«, erwiderte Cord knapp und fuhr fort: »Und: Nein, das geht heute nicht. Außerdem finde ich den Zweitschlüssel nicht mehr. Ich suche ihn seit Monaten. Deswegen ist der Schlüssel ja mit Band und Kuscheltier versehen, damit er so auffällig ist, dass ich ihn nirgendwo liegen lasse.«

»Das hat ja gut geklappt«, murmelte Pascal und sagte darauf, an Elisabeth gewandt: »Na, dann suchen wir mal schön, oder?«

Sie begannen an der Schneewand, in die sie eben gerast waren, es kam Pascal jetzt vor, als wäre es schon Stunden her. Er hatte Durst, ihm war kalt, und er spürte jeden Knochen, als sie bergan gingen, an jeder kräftigeren Schlittenspur und jedem Fußabdruck hielten und mit ihren Händen im Schnee buddelten, bis ihre Handschuhe komplett steif von Schnee waren. Ohne Erfolg. Nach einer halben Stunde murmelte Elisabeth: »Zwecklos ...« Und dann rief sie lauter den Berg hinauf: »Es ist zwecklos! Den finden wir nie.« Auch Cord sah schon reichlich verzweifelt aus.

Doch Gesine rief von oben: »Wir suchen weiter!«

Pascal wandte sich um, blickte ins Tal und dann in den Himmel, sah die dicken grauen Schneewolken und sagte:

»Es zieht sich immer weiter zu. So viel hat es hier seit Jahren nicht mehr geschneit.«

»Ja, das wird wirklich ein besonderes Weihnachten.«

Nach einer weiteren halben Stunde, als es zu dämmern begann, kam dann auch Gesine zu einer unvermeidlichen Einsicht: »Den finden wir erst, wenn es aufhört zu schneien.«

»Oder wenn es taut«, murmelte Pascal.

»Na, dann ziehe ich eben zu euch«, sagte Cord leise. »Ich bin ja jetzt eh alleinerziehender Singlepapa.«

»Das war die wunderbare Mariah Carey mit dem Klassiker ›All I Want for Christmas Is You‹ hier bei Radio Rottu im Oberwallis. Es ist Nachmittag am Heiligen Abend, kurz vor vier Uhr, und ich gebe schnell ab ins Verkehrszentrum zu Urs – zu einer Warnmeldung:

Wegen des starken Schneefalls und der damit einhergehenden Lawinengefahr fallen die Autoverladezüge Furka, Oberalp und Simplon bis auf weiteres aus. Die Zufahrtsstraßen von Realp sind bereits blockiert.
Die Täler des Goms, von Zermatt und Vororte von Brig sind von der Außenwelt abgeschnitten. Die Räumdienste sind unentwegt im Einsatz, werden aber wohl Tage brauchen, um die Zufahrtsstraßen vollständig zu beräumen.

Merci, *Urs, na ja, an Weihnachten eingeschneit zu sein, was kann es Besseres geben? Also, Kamin an, Fondue auf den Herd und den Pinot aufgezogen – wir haben die Musik dazu: Dean Martin mit ›Let It Snow!‹«*

Heiligabend, 16.28 Uhr

»War der Weihnachtsmann jetzt endlich da?« Mats hatte zu seinem alten Selbstbewusstsein zurückgefunden, als er ihnen entgegenrannte.

Elisabeth sah erst Pascal und dann Gesine panisch an. »Mist«, flüsterte sie. »In dem Chaos hab ich ganz vergessen, die Geschenke rauszustellen.«

»Na super«, murmelte Gesine und wandte sich dem Haus zu. »Dann mach ich das jetzt schnell.«

Elisabeth warf Pascal einen Blick zu, der besagte: Gleich dreh ich ihr den Hals um. Doch dann räusperte sie sich und sagte: »Nein, lass doch. Pascal geht oben mit ihm spielen, und dann machen wir das zusammen – mit dem Glöckchen.«

»In Ordnung.«

»Es gibt eh erst Geschenke, wenn der beschissene Autoschlüssel wieder da ist.«

»Wirklich?« Mats sah seinen Onkel in einer Mischung aus Angst und Wut an. »Stimmt das, Mama? Ich hab doch aber nicht …«

»Cord – also, das ist doch die Höhe.« Gesine verdrehte wütend die Augen, dann streichelte sie ihrem Sohn über den Kopf. »Mats, alles in Ordnung. Onkel Cord macht nur Spaß …«

»Macht er nicht«, sagte Onkel Cord. »Wir müssen schließlich irgendwie nach Hause fahren. Mit dem Zug kommen wir von hier jedenfalls kaum nach Genf.«

»Wo steckt eigentlich Christoph?«, war das Einzige, das Gesine dazu einfiel. »Oder muss ich hier alles alleine machen?«

»Kannst du dich jetzt mal zusammenreißen?«, fragte Elisabeth, die neben Cord herging.

»Eigentlich hat er doch recht«, bemerkte Pascal vorsichtig. »Der Junge hat einfach den Schlüssel …«

»Himmelherrgott, es ist Heiligabend. Dann nehmt ihr eben erst mal unser Auto, um nach Hause zu kommen – und wir machen uns bei Tageslicht noch einmal auf die Suche nach dem Schlüssel.«

Mats hatte als Erster wieder das Haus erreicht und sah missmutig auf den Teller. »Die Kekse sind immer noch da – und die Milch.« Dann schnappte er sich einen Keks und hatte – bevor jemand etwas einwenden konnte – die Schokolade davon abgenagt. »Der Weihnachtsmann weiß ja nicht, dass da welche drauf war. Oder?«

»Komm, ich geh mit dir spielen«, sagte Pascal und seufzte. Ihm blieb auch nichts erspart.

»Beeilt euch, ja? Ich brauche dringend einen Glühwein.«

»Weihnachten mit der Familie, und man wird zum Alki«, sagte Cord.

»Mit dir bin ich noch lange nicht fertig«, erwiderte Pascal. Mats stürmte schon voran, und Ronja folgte ihm, das Gepolter auf den Holztreppen ließ ihn innerlich aufstöhnen. Er stieg hinterdrein und fand sich schließlich in einem verwüsteten Kinderzimmer wieder. Die Schienen der Spielzeugbahn waren offensichtlich erst zusammengesetzt und dann wieder auseinandergerissen worden. Und daneben war ein riesiger Haufen roter und gelber Knetmasse auf dem alten Holzboden verteilt.

»Ist das da Blut und das da Schleim?«, fragte Pascal und stemmte mit gespielter Entrüstung die Hände in die Hüften.

»Das ist doch Knete, Opa!«, rief Mats. »Opa is doof.«

»Jetzt sag das nicht immer, Mats«, tadelte ihn Ronja. »Opa, wollen wir puzzeln?«

»Opa spielt mit mir.« Mats sah sie wütend an.

»Opa spielt mit uns beiden«, erwiderte Ronja.

»Na, wenn du mich vorhin gegrüßt hättest«, sagte Pascal leise, »dann würde ich jetzt nur mit dir spielen.« Sogleich schämte er sich für seinen kindischen Ton, aber inzwischen waren seine Nerven arg angespannt. »Also, wollen wir puzzeln?« Er griff nach einer Packung. »Hier, das ist ein Puzzle mit Flugzeugen, das machst du doch gerne, oder, Mats?«

Ronja legte enttäuscht das Pferdepuzzle weg. »Nicht das?«

»Das ist doch Mädchenkram!«, schrie Mats. »Ja, das mit den Flugzeugen.« Er riss die Packung auf und kippte alle Teile aus, ungeachtet ihrer Bemusterung auf der Rückseite. Pascal runzelte die Stirn. »Nun, dann sortieren wir erst mal alle«, sagte er und atmete schwer. Er begann die Teile zu ordnen, während Mats lieber ans Fenster ging, feststellte, dass er aufgrund der Höhe des Fensterbretts nichts sehen konnte, einen Hocker holte und daraufkletterte, fast runterfiel und sich gerade noch fing. »Siehst du nach dem Weihnachtsmann?«, fragte Pascal. »Der ist doch so schüchtern.«

»Doofer Opa«, sagte Mats.

»Wenn du das noch einmal sagst, dann esse ich deinen Hamster zum Abendbrot.« Pascals Ton war ernst. »Ist das klar?«

Mats sah ihn an wie vom Donner gerührt. »Du machst Quatsch, Opa.« Doch dann legte er den Kopf schief. »Oder? Du machst doch Quatsch, oder, Opa?«

»Ich würde es nicht drauf ankommen lassen.« Pascal gab sich ungerührt, auch weil er Ronja grinsen sah.

»Du isst doch keinen Hamster, oder?«

»Sag einfach nicht mehr *doofer Opa*, denn das ist echt doof. In Ordnung?«

Mats ließ den Blick durch den Raum schweifen, als bräuchte er Zeit zum Überlegen.

»Wirst du wirklich Willi essen?«

»Mit Ketchup«, erwiderte Pascal.

»Okay«, sagte Mats. »Kein doofer Opa.«

»Gut. Wollen wir puzzeln?«

Sie setzten sich auf den Fußboden, und Pascal sagte: »Wollen wir erst mal die Eckteile suchen? Dann haben wir einen Anfang.«

Mats besah sich lieber das Bild auf der Packung. »So sieht es aus?«

»Ja. Wenn wir fertig sind. Zu Silvester vielleicht«, erwiderte Pascal.

»Im Ernst? Doofer Opa.«

Nun musste Pascal doch kurz grinsen, zumindest innerlich. Doch Mats hatte schon einen anderen Gedanken.

»Was ist das für ein Flugzeug?«

»Eine Boeing 747«, erwiderte Pascal.

»Und woher weißt du das?«

»Weil es da steht.« Er wies auf den Schriftzug unterhalb der Maschine mit der Aufschrift *Air France*, der auf der Schachtel stand.

»Papa sagt, du bist noch nie geflogen.«

»Das stimmt doch gar nicht. Ich bin sehr viel geflogen, zu Kongressen und so ...«

»Zu was?« Mats' Nachfrage zeigte Pascal, dass er immer wieder vergaß, dass er mit einem Fünfjährigen redete.

»Na ja, für die Arbeit ...«

»Papa sagt, du bist nie in den Urlaub geflogen. Und dass du immer zu Hause sein willst.«

»Na, zu Hause ist es doch auch am schönsten«, sagte Pascal leise.

»Also, ich bin gerne im Urlaub«, sagte Ronja schnell. »Da scheint immer die Sonne – und ich kann ganz viel Eis essen und Karussell fahren und im Meer baden. Magst du keinen Urlaub, Opa?«

»Doch«, erwiderte Pascal. »Urlaub ist toll. Wir sind ja hier im Urlaub. Wir schlafen lange und lesen und ...«

»Aber das ist doch kein Urlaub!«, rief Mats, »das ist doch euer Zuhause.«

Und Ronja nickte. Pascal gab sich geschlagen.

Plötzlich war zuerst ein quietschendes und dann ein mahlendes Geräusch zu hören. Mit einem Satz war Pascal am Fenster und sah gerade noch, wie der alte VW Golf mit dem rostigen Kotflügel um die Ecke schleuderte, an Christophs Prius ebenso vorbeiglitt und dann einen halben Meter vor dem Haus zum Stehen kam. Erleichtert atmete er auf. Herrgott, sie war aber auch eine echte Abenteurerin.

Die Tür öffnete sich, und Cleo schälte sich vom Sitz, sie klappte die Lehne des Vordersitzes nach vorn, und dann sprang der Hund heraus – ein Hund von einer Größe, dass Pascal sich fragte, wie er es wohl die letzten elf Stunden auf der Rückbank hatte aushalten können. Der Dritte im Bunde war ein junger Mann mit dunklem Teint, der vom Beifahrersitz kletterte und sich erst mal eine Zigarette ansteckte. Na ja, dunkler Teint stimmt sicher nicht ganz, dachte Pascal, aber er wusste einfach nicht, wie man diese Dinge heute sagen und denken durfte.

»Ein Glück!«, rief Elisabeth, »wir dachten schon, ihr wärt in Andermatt hängen geblieben. Offensichtlich habt ihr es doch noch rechtzeitig auf den Autozug geschafft.«

»Es war echt knapp«, sagte Cleo und schloss ihre Mama in

die Arme, dann herzte sie sogleich Pascal. »Wir dachten auch, wir schaffen es nicht. Es hat so heftig geschneit, mega war das. Aber dann habe ich den Mann am Terminal bestochen.«

»Bestochen?«

»Mit Schokolade.« Cleo verzog keine Miene.

»Echt jetzt? Nun kommt doch endlich rein.«

Sie betraten den Flur, und die Neuankömmlinge legten ab, während der riesige Hund gleich in die Wohnstube stürmte.

»Ich schwöre. Eigentlich war der Zug voll und die Schlange noch elendig lang. Aber ich bin einfach bis ganz nach vorne gefahren und habe behauptet, der Hund sei schwer krank und müsse in die Klinik nach Visp. Grinch hat extra ganz traurig geschaut. Und dann ... Dann habe ich dem Mann am Terminal Schokolade angeboten.«

»Die Schweizer sind auch die Einzigen, die sich im Land der Schokolade ausgerechnet mit Schokolade bestechen lassen.«

»Jaja, Eulen nach Athen tragen und so.«

»Du meinst *Euros*.«

»Was?«

»Was?«

»Ach übrigens«, Cleo hob eine Hand, »der lag draußen rum. Sucht den jemand?«

Cord machte große Augen.

»Nicht dein Ernst.« Es war Christoph, der die Sprache zuerst wiederfand. Pascal stand immer noch ungläubig da.

Cleo, die keine Ahnung hatte, worum es hier ging, hielt immer noch den kleinen Autoschlüssel mit dem Löwen aus Plüsch und dem grünen Band in der Hand, selbst überrascht, welch heftige Reaktion sie damit ausgelöst hatte.

»Na Mann, da würde ich mir doch wünschen, dass ihr euch immer so doll freut, wenn ich komme«, sagte sie. »Der lag draußen im Schnee, direkt vor der Haustür.«

»Wie bitte?« Pascal konnte es nicht glauben.

»Sag ich doch, direkt vor der Haustür.«

»Das heißt, Mats hat ihn gar nicht auf dem Berg verloren?«

Cords Blick fiel auf den kleinen Jungen.

»Und wir haben ganz umsonst die halbe Alpensüdseite abgesucht«, erwiderte Elisabeth.

»Sag ich doch – Matsi ist unschuldig.« Gesine war wieder mit sich im Reinen.

Cord verzichtete auf eine Erwiderung und schüttelte einfach nur ungläubig den Kopf.

»Wir erzählen dir nachher von der besten Schlittenpartie des Jahres, okay?«, sagte Elisabeth und öffnete die Tür noch ein Stückchen weiter. »Nun kommt schon rein. Schönen guten Abend.«

»Und wer ist dieser junge Mann?«, fragte Pascal, wofür er sich sofort einen satten Schulterhieb seiner Frau einfing. »Nun lass sie doch erst mal reinkommen«, zischte sie.

»Das ist Samy.«

»Hallo, Samy.«

Der junge Mann mit dem Wuschelkopf strahlte in die Runde. Cleo sah ihren Vater fragend an.

»Erkennst du ihn nicht?« Pascal schüttelte den Kopf. Doch Elisabeth sagte: »Papa war doch damals immer in der Klinik. Er hat … Er hat Samy vielleicht wirklich nie kennengelernt.«

»Oh ja, das kann sein, na ja, dann gleich. Also: Das sind Christoph und seine Frau Gesine – Mats da hinten ist ihr Sohn.« Cleo gab ihrem Freund ein Zeichen, woraus jeder im Raum schließen konnte, dass der Junge schon auf der Herfahrt ein Thema gewesen war. »Und das da sind Cord und seine Frau …« Cleo sah sich um. »Hä? Wo ist Sylvie?« Diesmal war es Elisabeth, die Cleo vergeblich zu stoppen versuchte – bis Pascal sagte: »Wir wissen es auch noch nicht, Cord macht ein Staatsgeheimnis daraus.« Cleo sah kurz besorgt zu ihrem großen Bruder, dann fuhr sie fort: »Ronja ist seine große Tochter – und Thea, die da hinten gerade versucht, an den Scheuerleisten etwas Essbares zu finden, ist seine kleine Tochter.« Cord sah erschrocken zur Wand, doch dann sagte Cleo: »War nur 'n Witz. Und das sind mein Papa und … Na ja, Mama kennst du ja schon.«

»Guten Abend«, sagte Samy und streckte Elisabeth die Hand hin. Die schüttelte sie herzlich.

»Schön, dich wiederzusehen. Es ist lange her.«

»Oh ja, Lichtjahre – sagt man doch so, oder?«

Dann streckte Pascal ihm die Hand hin, doch Samy nahm ihn kurzerhand in den Arm, so voller Inbrunst, dass er sich nicht wehren konnte, auch nicht als Samy ihm dann drei Küsse auf die Wange drückte. »Cleo hat nur Gutes von Ihnen erzählt.«

Cord begann zu prusten, und auch Cleo grinste. Pascal war sichtlich überrascht.

»Ja, ich freue mich auch«, brachte er hervor. Und flüsterte dann Elisabeth zu: »Du kennst diesen Jungen?«

»Sie haben eine tolle Tochter«, sagte Samy.

»Ich habe da so eine Ahnung«, erwiderte Pascal. »Setzen Sie sich doch. Möchten Sie etwas trinken? Ah, ich weiß nicht … Woher kommen Sie – trinkt man da Alkohol?«

Samy wollte gerade antworten, doch Cleo kam ihm zuvor. »Er kommt aus Berlin«, sagte sie knapp.

»Na ja, ich meinte – woher kommt er ursprünglich.«

»Pascal«, zischte Elisabeth wieder.

»Papa«, setzte Cleo hinzu. »Er kommt aus Deutschland – auch ursprünglich.«

»Aber sein Deutsch … Herrgott, es ist aber auch alles umständlich geworden.«

»Ich bin von der Insel Mauritius«, sagte Samy und lächelte freundlich. »Und: Ja, wir trinken sehr gern Alkohol. Und viel. Wir haben den Rum schließlich erfunden.«

»Das sind doch mal gute Nachrichten«, sagte Pascal und verschwand in der Küche.

»Jetzt sagt mir nicht, dass wir zu früh sind«, hörte er Cleo aus dem Wohnzimmer sagen.

»Wieso?«

»Müsste nicht längst Bescherung sein?«

»Nun, die ganze Schlüsselsuche hat etwas länger gedauert als geplant.«

»Herrje, komm, Samy, wir fahren noch mal Zigaretten kaufen.«

»Was sind Zigaretten?«, rief Mats.

»Gar nichts, mein Schatz.« Gesines Ton hörte sich irgendwie ertappt an.

Heiligabend, 17.02 Uhr

»Gut, dann gehen die Kinder noch mal hoch«, sagte Elisabeth, »damit der Weihnachtsmann nicht gestört wird, wenn er die Geschenke bringt. Ihr wisst ja, er und seine Wichtel sind sehr schüchtern. Also nicht aus dem Fenster schauen.«

»Okay«, sagte Mats. »Aber der soll sich beeilen. Doofer Weihnachtsmann.«

»Na, na«, schalt ihn Elisabeth. »Nun aber ab mit dir.«

Ronja und Mats rasten die Treppe hoch, Cord folgte ihnen mit Thea auf dem Arm, und auch Gesine schickte sich an, nach oben zu gehen. Pascal dachte unwillkürlich, dass seine Schwiegertochter wohl zu gern wissen wollte, wo Sylvie steckte.

»Kommt, helft uns«, sagte Elisabeth, als die Kinder außer Sichtweite waren. »Die Geschenke sind da in dem Schrank. Pascal, hilf mir mit dem Baum.« Zusammen zogen sie den Baum ein Stück in die Mitte des Wohnzimmers. »So reicht es wohl. Und nun legen wir alles unter den Baum. Aber möchtet ihr vielleicht erst einmal etwas trinken?«

»Ich wollte doch schon längst etwas aus der Küche holen, aber nun willst du ja erst mal den Baum …«, stotterte Pascal.

»Habt ihr eine gute Fahrt gehabt?«

»Es war die Hölle«, sagte Cleo. »Stau ab dem Münchner Ring, erst jenseits der Schweizer Grenze wurde es besser. Bis kurz nach St. Gallen der Schneefall losging. Bis zur Grenze war noch alles grün, und dann ging's ab.«

»So viel Schnee«, flüsterte Samy und blickte immer wieder aus dem Fenster, als könnte er es kaum glauben.

»Komm, wir holen jetzt endlich einmal etwas zu trinken«, sagte Pascal zu Elisabeth. »Und ihr macht die Geschenke fertig, ja?«

Als sie in der Küche standen, flüsterte er: »Wer ist dieser Schwarze, den meine Tochter nach Hause bringt?«

»Herrje, Pascal, das ist doch nicht dein Ernst. Er war unser Nachbarsjunge in Düsseldorf – und Cleos erster richtiger Freund, als sie siebzehn war. »

»Der war Cleos Freund?«

»Ja. Er hat ein paar Straßen weiter gewohnt, in dem Hochhaus am Markt. Und hättest du nicht achtzig Stunden pro Woche in deiner Klinik zugebracht, hättest du sie bestimmt mal miteinander knutschen sehen.«

»Immer wenn ich zu Hause war, war Cleos Zimmertür zu.«

»Er war jedenfalls ihr Freund – und dann haben sie sich irgendwie getrennt, und er ist weggezogen. Ich glaube, Cleo hat sehr lange darunter gelitten. Und nun war ich genauso überrascht wie du, dass sie mit ihm hier auftaucht. Nach all den Reinfällen der letzten Jahre.«

»Also, den Typen letztes Jahr fand ich sehr nett.«

»Den Dachdecker? Echt?«

»Na, ich habe mich gut mit ihm verstanden.«

»Pascal, er hat dich mit Schnaps abgefüllt. Das ist keine Sympathie – das ist Schöntrinken.«

»Der Tiefpunkt war der Typ von dem Start-up für Beerdigungen – der mit den Turnschuhen, der ständig vom *Elevator Pitch* gefaselt hat, und ich weiß bis heute nicht, was das sein soll. Aber nun …«

»Komm, sei nett, mein Lieber, es ist Weihnachten. Und vielleicht … Na ja, vielleicht ist das ein gutes Zeichen. Ein Gruß aus der Vergangenheit.«

»Ich bin gespannt.«

»Wo bleibt denn unser Getränk?«, rief Cleo aus dem Wohnzimmer. »Da kommt man gerade erst an und muss gleich schon arbeiten.«

Pascal schaltete den Herd aus und nahm eine Kelle, dann füllte er in die bereitgestellten Tassen den roten Glühwein, den sie von einem Winzer aus dem Rheingau mitgebracht hatten und den er selbst noch mit Nelken, Vanille und Zimt verfeinert hatte. Für die Kinder gab es Früchtepunsch, obwohl Pascal kurz der Gedanke kam, Mats richtigen Glühwein zu geben. Vielleicht wurde er dann ruhiger. Er schalt sich jedoch gleich selbst für den Gedanken, stellte die Tassen auf ein Tablett und lief ins Wohnzimmer. Tatsächlich hatte Cleo mit Samys Hilfe alle Geschenke unter dem Baum verteilt.

»Hier, auf euer Wohl.« Pascal reichte ihnen die Tassen, Cleo griff überraschenderweise auch zum Kinderpunsch.

»Na, der Baum muss aber noch ein Stück rüber, ja?«

»Das ist jetzt nicht dein Ernst, Elisabeth.«

»Er stand immer ein wenig näher am Kamin.«

»Aber dann nadelt er uns doch morgen alles voll.«

»Nun zieh schon, Pascal, und diskutier nicht.«

»Das Fest der Liebe. Mein Lieblingsfest.«

Heiligabend, 17.18 Uhr

Elisabeth nahm das Glöckchen in die Hand und gab Pascal ein Zeichen, der sich schnell noch die Krümel vom Mund wischte, weil er sich in einem unbeobachteten Moment das letzte Plätzchen, das eigentlich für den Weihnachtsmann gedacht war, genehmigt hatte.

Er nickte ihr zu, und sie schwang das Glöckchen, bis es ein deutlich vernehmbares Bimmeln von sich gab. Pascal schloss einen Moment die Augen, weil ihn dieses Ritual bewegte – Jahr für Jahr hatte er dieses zarte Klingen gehört, seit die Kinder klein gewesen waren. Es war ein so schöner und besonderer Augenblick, verheißungsvoll und friedlich. Als er die Augen wieder öffnete, blickte er auf den Baum: Er strahlte in der Mitte des Wohnzimmers in voller Pracht. Darunter lagen Dutzende Pakete und Päckchen, in schönstes Papier gewickelt, das mit Rücksicht auf Gesine nachhaltig recycelt und mit geschmackvollen Motiven versehen war. Die Päckchen trugen rote, dunkelblaue, violette oder goldene Schleifen, an denen liebevoll kleine Namensanhänger befestigt waren.

Von der Treppe kommend, unterbrach aber nun ein lautes Stampfen die Stille, gefolgt von aufgeregten Rufen. Klar, dass es Mats war, der zuerst um die Ecke bog. Er sah den Teller und rief: »Der Teller ist leer, der Teller ist leer – und schau mal, Mama, die Milch ist auch ausgetrunken! Der Weihnachtsmann war da. Der Weihnachtsmann war da. Und die Wichtel …«

Ronja folgte ihm, danach kamen Gesine und Cord mit Thea. Einen Moment hielten alle vor dem erleuchteten Baum inne und wurden still. Der Zauber der Weihnacht hatte sie für einen winzigen Augenblick ergriffen. Die aufgerissenen Augen, die offen stehenden Münder, der Lichterglanz, der sich in den Blicken spiegelte, die innere Freude. Pascal war gerührt.

»Ja, ich freu mich ja so!«, rief Mats. »Ist das alles für mich?«

»Nicht ganz«, antwortete Elisabeth schnell, als der Junge versuchte, ein Paket aufzureißen, das für Cleo gedacht war. »Nur, wo dein Name draufsteht. Schau mal da«, sie zeigte auf einen Aufkleber, »da steht Mats. So sieht dein Name aus. Vier Buchstaben.«

Gesine hockte sich zu ihrem Sohn und zeigte ihm das erste Paket, das mit seinem Namen versehen war. »Da, schau mal.«

»Wir packen alle nacheinander aus, ja? Zuerst die Kinder.« Elisabeth klang so wie früher, als sie ihre drei Kinder beim Auspacken ermahnt hatte.

»Und dann schauen wir uns die Geschenke der anderen an, in Ordnung?« Auch diesen Satz hatte Pascal damals gesagt, leider fast immer erfolglos, weil jeder gleich nach dem Auspacken mit seinem Geschenk davongestoben war. Aber Pascal war ein Freund von Ritualen und konnte sich den Satz auch diesmal nicht verkneifen.

»Wow«, rief Mats, »die is ja voll cool! Die hab ich mir gewünscht, auf meinem Zettel an den Weihnachtsmann, oder, Mama?«

»Ja, genau, Matsi, die Rennbahn von Hot Wheels stand auf deinem Wunschzettel.«

Er hielt den riesigen blauen Karton in beiden Händen und konnte ihn kaum bewältigen, so groß war er.

»Aber da sind ja gar nicht alle Autos dabei!«

»Nein, nur die, die auf der Packung stehen.«

»Aber ich hab mir doch die anderen Autos auch gewünscht. Mama, krieg ich die zu meinem Geburtstag? Bitte?«

»Nun schau doch erst mal, was es sonst noch gibt ...«

»Ja ...« Und schon warf Mats den Karton um und riss das nächste Paket auf. Tatsächlich war dies noch eine Extrapackung mit Monstertrucks, außerdem packte er ein PAW-Patrol-Flugzeug aus für diese grässlichen Hunde mit Uniformen und dann noch ein Auto dieser Schweinefamilie, die auch in der Lage war, in Comics zu sprechen, alles grellbunt und wahrscheinlich sehr teuer. Kommerzialisierung von Weihnachten hin oder her, Gesine schanzte Mats wie immer erst die Geschenke zu, die sie für ihn ausgesucht hatte. Zum Schluss gab es noch hölzerne Bahnschienen mit einer Lokomotive, erst dann kamen die Pakete der Großeltern dran. Aber die Federtasche und das Buch über Dinosaurier ließ er gleich wieder unterm Baum liegen. »Können wir jetzt die Rennbahn aufbauen, Mama?«, rief er.

»Na klar, mein Schatz«, sagte Gesine, »ich muss aber erst mal schauen, wie das geht.« Sie öffnete den Riesenkarton und nahm die Anleitung zur Hand. Pascal drehte sich zur Couch um. »Sag mal, Christoph, müsstest du nicht längst bei den Todesanzeigen angekommen sein?«

»Bin inzwischen beim Feuilleton der Zeitung von vorgestern«, entgegnete sein Sohn, ohne aufzusehen. Pascal fragte sich wieder einmal, was für eine Art Ehe Gesine und Christoph wohl führten – aber, herrje, es war ja nicht seine Ehe.

»Und jetzt ich«, sagte Ronja, »mal sehen, ob Papa ...«, sie korrigierte sich, »ob der Weihnachtsmann mir gebracht hat, was ich mir schon so lange wünsche.«

»Wir haben alle zusammengelegt«, flüsterte Elisabeth und reichte ihrer Enkelin das kleine Päckchen.

Sie riss es auf, und ihr Mund stand offen, als sie die weiße Packung mit dem aufgedruckten Apfel sah.

»Ist es echt ein neues?«

»Nicht das allerneueste Modell, aber fast«, sagte Cord. »Für das ganz neue hätte ich entweder eine Niere verkaufen oder Thea hätte einen Job annehmen müssen – und die wollte nicht.«

»Das ist voll toll!«, rief Ronja und hielt das Handy hoch. »Hier, es ist ganz neu.«

»Das ist ja krass.« Gesine rümpfte die Nase.

Cord sah sie mit ernstem Blick an. »Was meinst du?«

»Ach nichts.«

»Hä?« Cord war laut geworden. Sogar Christoph ließ die Zeitung sinken. »Sag mal, was meinst du damit?«

»Na ja, ich meine«, Gesine atmete schwer, »Ronja ist gerade mal zehn.«

»Elf«, entgegnete Ronja.

»Na, ich finde jedenfalls nicht, dass man mit zehn oder elf ein Handy haben sollte. Man liest ja so viel über Cybermobbing und Shitstorms, und dann diese ganzen Influencerinnen, die so ein krasses Schönheitsideal darstellen, dem die jungen Mädchen dann nacheifern. Oder dass dann plötzlich Nacktfotos im Klassenchat kursieren und die Mädchen von einer Brücke springen, weil …«

Cord schlug mit der Hand auf den Couchtisch, dass die darauf abgestellten Tassen nur so schepperten, dann beugte er sich vor. Sein Kopf war hochrot.

»Pass ein bisschen auf, was du sagst!«, rief er. Er drehte sich im Raum um, als spräche er mit einem unsichtbaren Publikum, das genauso aufgebracht war wie er selbst. »Ich glaube, ich bin im falschen Film. Du verurteilst mich, weil wir ein Handy schenken? Du kaufst deinem verzogenen Sohn ein Fair-Trade-

Holzspielzeug fürs gute Gewissen und sonst nur chinesischen Plastikscheiß von irgendwelchen Figuren, die ein Vermögen kosten, weil dieses homophobe Imperium sich die Lizenz gut bezahlen lässt, und dann trinkst du aber laktosefreien Latte macchiato und denkst, du könntest alle anderen belehren? Jetzt hört es aber echt auf – noch ein so ein Ding, und ich zünde hier alles an, hast du das verstanden?«

Er sah sie so wütend an, dass man hätte glauben können, er ginge gleich auf sie los. Doch es war nicht Gesine, die reagierte, sondern Christoph, der die Zeitung wieder vor sein Gesicht führte und leise sagte: »Ich glaube, wir sollten uns alle mal beruhigen.«

Und auf wundersame Weise geschah genau dies.

»Es ist 18 Uhr, hier ist Radio Rottu Oberwallis mit den Nachrichten. Und bevor wir zu unserem Korrespondenten nach Rom schalten, um mit ihm über die Messe zur Heiligen Nacht im Petersdom zu sprechen, kommt erst mal noch eine Meldung aus dem Kanton: Die Christmetten in den Ortschaften am Aletsch und an der Furka sowie in Zermatt fallen in diesem Jahr wegen des heftigen Schneefalls aus. Die Kirchenverwaltung möchte damit Unfälle bei der An- und Abfahrt vermeiden, auch weil die Gemeinden erst jetzt mit der Lawinensprengung in den Bergen beginnen. Zudem drohe die Gefahr von sehr großen Dachlawinen und Schneeplatten. Einzig die Christmetten in Brig und Visp finden statt. Sollte sich die Wetterlage verbessern, sind die Bewohner herzlich zur Mittagsandacht am ersten Weihnachtstag eingeladen. Wir halten Sie auf dem Laufenden. Und nun nach Rom …«

Heiliger Abend, 18.09 Uhr

»Das wird echt das erste Weihnachten seit vierzig Jahren, an dem wir nicht in die Kirche gehen können«, sagte Pascal und ließ den Kopf hängen. Er hatte sich wirklich auf den Gottesdienst gefreut. Auch Ronja hatte kurz traurig geschaut, als sie die Meldung im Radio hörte, aber das neue Handy hatte ihre Laune rasch wieder verbessert.

»Na, wir können doch auch hier zu Hause beten«, sagte Cord und grinste.

»So siehst du mir schon aus.«

»Kann mal jemand den Hund von der Rennbahn fernhalten?«, fragte Gesine, obwohl Grinch noch am anderen Ende des Wohnzimmers stand.

»Du, er mag dein Kind sehr, wahrscheinlich würde er Mats sogar noch vor uns allen beschützen – er tut ihm nichts, okay?« Cleos Ton war unnachgiebig.

»Ich sag ja nur«, entgegnete Gesine.

»Hier, Elisabeth.« Pascal reichte ihr ein kleines Päckchen mit einer roten Schleife. »Das ist für dich. Frohe Weihnachten.«

»Oh, wirklich? Aber wir ... Wir wollten uns doch nichts schenken.«

»Du weißt, dass wir uns das seit dreißig Jahren vornehmen und uns seit dreißig Jahren nicht daran halten.«

»Da hast du auch wieder recht.«

Sie entfaltete vorsichtig das Geschenkpapier und zog eine kleine Schachtel heraus, die sie mit weit aufgerissenen Augen öffnete.

»Ist die aber schön.«

»Ja, oder?«

»Was ist das für ein toller Stein? Er schimmert so ... so türkis, ich liebe diese Farbe.«

»Es ist ein Apatit, er soll dir Gesundheit und Glück und ein langes Leben schenken. Und die Kette ist aus echtem Gold.«

»Wunderschön«, sagte sie leise. Er stellte sich hinter sie und legte ihr die Kette um. »Der Stein fühlt sich angenehm an«, sagte sie und legte ihre Hand an den Hals. »Ich danke dir.« Sie umarmte ihn ganz fest, und er spürte, wie sie sich über das Gesicht wischte. Als er die Augen wieder öffnete, sah er, dass alle um sie herum zu ihnen schauten. Cleo hatte die Stirn gerunzelt, als stellte sie sich Fragen.

»Und das ist für dich«, sagte Elisabeth und gab ihm ein Päckchen, das mit dem gleichen roten Schleifenband versehen war. »Offenbar waren wir beide am selben Geschenkepackschrank.« Sie mussten grinsen. Er öffnete das Päckchen und holte ein schwarzes Etwas heraus.

»Was ist das?« Er hob die kleine Tasche gegen das Licht des knisternden Kaminfeuers.

»Na, du hast doch immer Angst, überfallen zu werden, wenn du in die Stadt gehst. Das ist so ein Täschchen, das sich ältere Herren um die Brust wickeln und wo sie ihre Bankkarten und Bargeld verstauen können.«

»Ältere Herren?« Pascal zog seine Stirn kraus und sah sie gespielt vorwurfsvoll an. »Ich bin doch kein älterer Herr.«

»Und drinnen ...«

Er zog den Reißverschluss auf. In dem Täschchen lag eine goldene Kette mit einem Kreuz.

»Für dich. Damit er auf dich aufpasst«, sagte sie und wies zur Zimmerdecke. »Er da oben.«

»Danke«, sagte er leise und spürte, wie seine Augen feucht wurden.

Heiliger Abend, 19.09 Uhr

»Ich weiß ja nicht, wie es euch geht, aber ich habe großen Hunger, ich könnte den Gänsebraten glatt heute schon verdrücken.« Elisabeths Stimme klang so gelassen und ungerührt, als wäre es ein ganz normaler Abend – und nicht der merkwürdigste Heiligabend, den sie jemals erlebt hatten. »Wollen wir mal starten?« Und schon war sie auf dem Weg in die Küche.

»Also, ich brauche eigentlich nur sehr dringend mehr Wein«, erwiderte Christoph. »Papa, machst du 'ne Flasche auf?«

»Ich eile«, erwiderte Pascal und war schon auf dem Weg in die Küche. Dort wischte seine Frau gerade das Caquelon mit dem Handtuch aus, dieses rote Monstrum, das sie traditionell genau einmal im Jahr aus dem Schrank holten.

»Was gibt's denn bei euch zu essen?«, hörten sie Samy aus dem Wohnzimmer fragen, und Pascal runzelte die Stirn. Hatte seine Tochter ihren neuen Freund tatsächlich gar nicht auf ihr Familienfest vorbereitet?

»Sie sind frisch verliebt, da redet man doch nicht über solche Nebensächlichkeiten«, flüsterte Elisabeth, als hätte sie seinen Gedanken erraten.

Noch bevor sie Cleos Antwort hörten, räusperte Christoph sich und raschelte mit der Zeitung. »In unserer Familie essen wir traditionell Käsefondue an Heiligabend, es ist ein Gericht aus dieser Region.« Sein Tonfall war langsam und gedehnt, als würde er *Deutsch als Fremdsprache* unterrichten.

»Was ist das – Fondue?«

»Das ist sehr viel Käse, den man in einem großen Topf erhitzt, so ein richtiger Klumpen, der immer weicher wird, und dann tunkt man Kartoffelstückchen rein oder Brot«, erwiderte Cleo.

»Wo bleibt der Wein?«, fragte Christoph.

»Kommt!«, rief Pascal und sah plötzlich etwas über den Boden flitzen.

»Sag mal, ist hier gerade echt der Hamster durch die Küche gelaufen?«, stutzte Elisabeth, als traute sie sich tatsächlich eine Halluzination zu.

»Ich hab ihn auch gesehen.«

»Mats!«, rief Elisabeth, »komm mal her.« Er trat mit sorgenvoller Miene durch die Tür, Gesine im Schlepptau.

»Ist Willi etwa frei? Er sollte doch nicht im Wohnzimmer rumlaufen, und jetzt habe ich ihn gerade in der Küche gesehen.«

»Ich habe ihn gesucht, aber er hat sich einfach versteckt«, stotterte Mats.

»Er ist da lang«, sagte Pascal, »hol ihn hier raus und lass ihn dann im Käfig, ja? Wir wollen jetzt Essen machen.«

»Ja – a – a«, sagte Mats. Schon kniete er am Boden und versuchte das Tier unterm Kühlschrank hervorzulocken.

»So«, sagte Elisabeth und hob das Tablett vom Küchenschrank, dann trug sie es hinüber zum hölzernen Esstisch. Pascal half ihr, alles abzustellen, was sie vorbereitet hatte: die gekochten, aber ungeschälten Kartoffeln vom Bauern aus Ernen, kleinen Eiern gleich, die ihnen letztes Jahr so gut geschmeckt hatten. Dazu gab es rohen Schinken aus dem Wallis, Trockenfleisch und sauer eingelegtes Gemüse, Gurken, rote Zwiebeln, Karotten und Sellerie. In einer großen Schüssel hatte Elisabeth einen Salat vorbereitet, in einer anderen Schüssel wiederum fand sich in Würfel und kleine Streifen geschnittenes dunkles Brot und Baguette. Doch der Hauptdarsteller dieses Abends war ohne Zweifel der Käse, den sie am Morgen in dem Laden in Bitsch gekauft hatten, wo es den besten Käse in der Region gab. Wie die Schweizer hatten Elisabeth und Pascal ihr eigenes Familienrezept für das Fondue kultiviert: eine gute Menge Gruyèrekäse, dazu der Vacherin aus dem Kanton Fribourg und zudem noch ein sehr herzhafter Raclettekäse aus dem Aletschtal. Pascal begann die Käsesorten zu reiben, vor aller Augen – auch das gehörte zur Tradition. Es dauerte eine ganze Weile, bis der Käse komplett gerieben war.

Er vermischte ihn mit etwas Speisestärke, und dann begann das eigentliche Schauspiel.

»So, wer ist dieses Jahr dran? Ich glaube ... Cord. Oder?«

»Jawohl«, sagte der jüngere Sohn und stand auf, Elisabeth reichte ihm den Holzlöffel. Zu Samy sagte sie erklärend: »Es geht immer reihum, jedes Jahr ist ein anderer dran, das Fondue zuzubereiten. Pascal hat diesmal den Wein dazu ausgesucht, es gibt einen Petite Arvine von Maurice Gay hier aus der Region.«

Cord griff nach der Knoblauchzehe, drückte sie ein wenig an und rieb dann die Innenwände des Caquelon damit ein. Dann gab er den geriebenen Käse hinein und füllte mit reichlich Weißwein auf.

»Und jetzt kommt alles auf den Herd«, sagte er und trug den Caquelon nach nebenan in die Küche.

»So, nun sagt aber mal, wie habt ihr euch denn wiedergefunden?«

Cleo sah ihre Mutter stirnrunzelnd an. »Echt, Mama? Vor dem Essen?«

»Na, ich bin doch so neugierig.«

»Samy, geh mal raus, das ist mir sonst peinlich.«

»Echt jetzt?«

»Na, du weißt ja, wie krass das alles ist.«

»Okay, aber beeil dich. Ich geh nur eine rauchen, ja?«

Und schon war er weg, und Cleo hatte ganz rote Wangen vor Aufregung.

»Sieht er nicht toll aus, Mama? Nun sag schon.«

Pascal wusste nicht, ob er Cleo schon einmal so aufgeregt erlebt hatte.

»Ja, er ist mir schon immer sympathisch gewesen. Und ich weiß noch, dass du mir damals gesagt hast, dass du mit ihm zusammenbleiben willst. Das ist jetzt …«, sie rechnete nach, »fast zwanzig Jahre her.«

»Er war mein erster echter Freund, Papa. Kann sein, dass Mama und ich dir das nicht gesagt haben, weil … na ja, weil du immer sehr aufgepasst hast, mit wem ich so zusammen war. Und Samy war damals nicht ganz einfach, wenn ich es mal so sagen darf.«

»Was meinst du damit?« Pascal war alarmiert.

»Na ja, er hatte ein paar falsche Freunde.«

»War er kriminell?«

»Er war nur einmal ganz kurz im Knast.«

Pascal entgleisten die Gesichtszüge. »Wie bitte?«

»Na ja, wegen ein bisschen Cannabis – vielleicht nicht nur ein bisschen … Sie haben ihn verdächtigt, er würde dealen und dann … Na ja, dann ist das eben alles so gekommen.«

»Wie ist es gekommen?«, fragte Pascal, der Cleo nun ins Verhör nahm.

»Na, dass er eben kurz eingebuchtet wurde. Aber als er rauskam, da waren wir immer noch zusammen, das waren ja höchstens acht oder neun Tage gewesen.«

»Zehn«, sagte Samy, der eben wieder zur Tür reingekommen war. Er roch nach Rauch.

»Du bist ruhig«, sagte Pascal und zeigte mit dem Finger auf ihn. »Ein Dealer will mit meiner Tochter zusammen sein ...«

»Aber Herr ...«

»Papa«, fuhr Cleo ihn an. »Er ist kein Dealer. Seine Eltern waren stinksauer, und dann haben sie ihn auf ein Internat geschickt, daheim, auf Mauritius. Da war er bis zum Schulabschluss, dann hat Samy in Paris studiert und ... Na ja, eigentlich wollte er zurück nach Mauritius, aber dann hat er mich auf Instagram gefunden und ist meinetwegen nach Berlin gekommen, um mich zu suchen. Ist das nicht romantisch?«

»Das ist es, mein Schatz«, sagte Elisabeth, bevor Pascal etwas erwidern konnte. »Ich erinnere mich noch sehr gut daran, wie glücklich du damals warst.«

»Weil er mich vergöttert hat ...«, sie sah Samy an, »weil du wirklich mich wolltest. Du kanntest mich schon, als ich noch Akne hatte und aussah wie ein Haufen Sch... Und trotzdem fandst du mich toll – und wolltest mit mir gehen. Und das habe ich nie vergessen. Die anderen Typen wollten immer nur irgendeinen Teil von mir: die Schöne, die Verrückte, die Surferin, die Esoterikerin – aber nie das ganze Paket, nie die ganze völlig neurotische und manchmal auch abgefuckte Cleo mit dem riesigen Hund. Außer dir. Du wolltest das.«

Samy setzte sich neben sie und senkte den Blick, Cleo tat es ihm nach.

»Auch wenn wir natürlich immer noch nicht ...«

Elisabeth sprach ganz leise. »Ihr wollt es versuchen? Nach allem?«

Pascal sah seine Frau sanft an, dann wanderte sein Blick zu Cleo. Sie war letztes Jahr tagelang bei ihnen in der Schweiz gewesen, und wie oft hatten sie auch telefoniert, wenn die In-vitro-Behandlung schon wieder erfolglos gewesen war. Sechs hatte sie insgesamt über sich ergehen lassen. Nichts wünschte sie sich sehnlicher als ein Kind – auch wenn Pascal insgeheim immer ganz froh war, dass es mit ihren zweifelhaften Bekanntschaften nicht zur Familiengründung kam.

Aber es war Cleos größter Lebenstraum, und Pascal verstand sie. Auch er hatte sich immer eine Familie gewünscht, auch wenn er dann, als es so weit war, mehr gearbeitet hatte, als gut gewesen war. Cleo würde eine tolle Mutter abgeben, aber irgendwie sollte es wohl nicht sein. Schließlich hatte sie es mit mehreren Männern versucht – und dann noch in der Klinik –, immer ohne Erfolg. Er wusste, wie sehr sie das schmerzte, und er wusste, dass sie auch deshalb kaum zusehen konnte, wie glücklich die Kinder von Christoph und Cord waren, wenn sie ihre Geschenke bekamen.

»Du bist doch noch so jung«, sagte Elisabeth sanft, »du kannst noch …«

»Mama, das ist Unfug. Es klappt einfach nicht. Und ich will nicht erst mit fünfundvierzig Mutter werden, ich will das einfach nicht.«

»Mist«, tönte es aus der Küche. Pascal war alarmiert. Bloß nicht das Käsefondue … Er rannte hinein und roch das Malheur schon, bevor er es sehen konnte.

»Was hast du getan?«, fragte er. Cord rührte wie ein Besessener im Topf, neben ihm lag das Handy, auf dem Display zu sehen ein Foto, auf dem er Sylvie küsste, im Hintergrund der Eiffelturm. Pascal riss Cord den Löffel aus der Hand. »Hast du etwa keine Acht gerührt? Du weißt doch, dass du immer eine Acht rühren musst, sonst bindet es nicht und … und brennt in der Mitte an, so wie hier – ach, hier ist ja alles verbrannt.«

»Ich habe …«, Cord ließ den Kopf sinken, und der Hüne wirkte auf einmal nur noch halb so groß, »ich hab auf dem Handy Fotos von Sylvie angeschaut, weil … weil sie mir so fehlt …«

»Aber das ist doch kein Grund, das Fondue anbrennen zu lassen«, sagte Pascal und schluckte, weil er wusste, wie unsensibel das bei Cord ankommen musste. Doch ein Blick in den Topf ließ ihn zusammenzucken. Der Boden war schwarz verbrannt, und der Käse von schwarzen Klümpchen durchsetzt. Hier war nichts mehr zu retten. Der gute Käse! Jetzt kam Elisabeth zur Tür herein. »Herrgott, das riecht ja wie am Kamin – na, da wird Gesine sich aber nicht freuen, jetzt stinkt es auch hier nach Rauch, da bekommt sie gleich wieder Kopfschmerzen.« Sie grinste, aber ihr Ausdruck verfinsterte sich sofort, als sie Pascals Trauermiene sah. »Oh, ich verstehe, höchste Gefahrenstufe. Hmm«, sie sah in den Topf, »ich glaube, es gibt belegte Brote zum Heiligen Abend. Obwohl …« Sie ging in Richtung des Vorratsschrankes, riss die Tür auf und holte vier Packungen heraus, die allesamt gleich aussahen. Drauf waren ein Käsepott und zwei Fonduegabeln, die ein cremiges Etwas in die Luft hielten, obendrauf die Schweizer Flagge.

»Eine Fonduemischung?« Pascals Stimme hätte nicht verächtlicher sein können. »Dein Ernst jetzt?«

Elisabeth besah sich die Packungen. »Die hab ich mal vor einem Jahr bei Aldi gekauft, für den Notfall.« Sie fand das Haltbarkeitsdatum. »Das ist abgelaufen, aber erst letzten Monat. Also …«, sie riss die erste Packung auf, »heute ist ein Notfall – und das hier ist ja wohl besser als nichts. Ich bin hungrig und habe mich heute auf das Käsefondue gefreut.« Sie sah ihn so ernst an, dass Pascal es vorzog, nichts zu erwidern, stattdessen sagte er: »Okay, aber ich mache es. Mal sehen, was ich da rausholen kann. Und du«, er sah Cord an, »gehst nach nebenan und beruhigst dich. Herrgott noch mal.«

Pascal ging zum Vorratsschrank, entnahm ihm eine frische Knoblauchzehe und die Flasche mit Kirschwasser, dann zog er eine neue Flasche Petite Arvine auf. Rasch schmiss er das verbrannte Fondue in den Müll, schabte die schwarzen Reste aus dem Caquelon und wischte ihn mit Essig und einem harten Schwamm aus, anschließend wusch er ihn noch einmal ab. Danach schnitt er die Knoblauchzehe an, rieb den Topf dreimal damit aus, öffnete die vier Tüten und presste widerwillig die fertige Käsemischung in seinen Fonduetopf. Er gab reichlich Kirschwasser hinzu und noch mehr Weißwein, von irgendetwas musste das Aroma ja kommen, und dann begann er meditativ eine Acht nach der anderen zu rühren, wie er es bei den Schweizern gelernt hatte. Auf großer Flamme immer wieder eine Acht. Nach kurzer Zeit stieg ein betörender Duft in seine Nase. Er rieb noch etwas Muskatnuss dazu und rührte, darauf wartend, dass alles zu kochen begann. Als es anfing zu köcheln, intensivierte er das Rühren und dachte dabei an Cord. Was war nur geschehen? Endlich, nach Minuten, hob er den Topf vom Herd und ging ins Wohnzimmer. Elisabeth hatte den Rechaud schon vorbereitet. »Abendessen!«, rief Pascal. Und sogleich saßen alle um den Tisch herum, Grinch inklusive. Pascal kannte keinen Hund, der Käse so gern mochte wie dieser.

»Boah, riecht das aber lecker. Ist der Käse aus dem Laden in Bitsch?«, fragte Cleo. »Den liebe ich ja so sehr.«

»Na klar«, sagte Elisabeth, und Pascal sah sie überrascht an. Hatte sie Cords Fauxpas tatsächlich verschwiegen? Er gab ihr ein Zeichen, indem er seinen Mund mit einem unsichtbaren Schlüssel verschloss und andeutete, diesen dann wegzuwerfen, und seine Frau lächelte ihn an. »Euer liebstes Fondue«, sagte nun auch Pascal, der weiterrührte. »Wollen wir noch ein Tischgebet sprechen?«

»Oh ja!«, rief Ronja. »Darf ich?«

Alle nickten ihr aufmunternd zu, dann fassten sie sich an den Händen.

»Lieber Gott«, sagte das Mädchen leise, »wir danken dir für unsere schönen Geschenke – und wir danken dir, dass dieses Jahr alles gut geklappt hat, in der Schule und bei der Arbeit, und dass wir alle gesund geblieben sind. Und wir wünschen uns, dass bald wieder Frieden auf der Welt ist – und dass Mama nächstes Weihnachten wieder mit uns feiert. Mach das, ja? Amen.«

»Amen«, sagten alle im Chor, und Pascal sah, dass Cord die Augen noch ein wenig länger geschlossen hielt, ein Zucken durchfuhr seinen Körper.

»Ich will auch!«, rief Mats. Er hielt seinem Vater wieder die Hand hin, der sie ergriff, also nahmen alle einander noch einmal an die Hand.

Dann rief der kleine Junge: »Oh Tannenbaum, oh Tannenbaum, die Oma hängt am Gartenzaun, der Opa ruft die Polizei, die Polizei kommt gleich vorbei, oh Tannenbaum, oh Tannenbaum, die Oma hängt am Gartenzaun!«

»Wunderschön«, murmelte Pascal.

»Roll, roll, roll, der Tisch ist so voll, der Bauch ist so leer und brummt wie ein Bär, brummt wie ein Brummer, jetzt guten Hunger.«

»So, danke, Mats«, sagte Elisabeth schnell, bevor der Junge noch mal ansetzen konnte, »möchte Thea auch noch?« Doch die Kleine gluckste nur und versuchte nach dem Brot zu greifen. Ihr Mund stand schon offen.

»Dann allen einen guten Appetit.«

»Ah«, murmelte Elisabeth, »für dich, Gesine, ist das Fondue natürlich kein Problem. Wir haben nur lang gereiften Käse gekauft – er sollte also laktosefrei sein.«

»Nein, ist schon gut, ich bleibe lieber bei Kartoffeln und Schinken. Ist der denn bio?«

»So bio, wie er nur sein kann«, erwiderte Pascal. »Er

stammt aus dem Nachbardorf, genau wie das Trockenfleisch. Der Bauer zieht seine Schweine so gut auf, die leben das ganze Jahr draußen und …«

»Hat er denn ein Biosiegel?«

»Ich glaube, liebe Gesine«, Cord sprach ganz langsam und verbindlich, »den Schweinen hier geht es so viel besser als allen deutschen Schweinen mit Biosiegel auf dem Hintern.«

»Ach, man liest so viel. Na ja, macht nichts, es ist ja genug Gemüse da.«

»Die Kartoffeln sind auch bio«, sagte Pascal schnell.

»Ja, auch von Aldi«, fügte Elisabeth leise hinzu.

Doch dann erstarb das Gespräch, dafür baute sich eine andere Geräuschkulisse auf: klappernde Teller, klirrende Gläser, Besteck, das Essen zerteilte. Der Raum war erfüllt von einem herrlichen Duft.

Pascal nahm ein Stück Brot auf seinen Spieß, tunkte ihn in den Käse, rührte ihn noch einmal auf und hob das Brot dann wieder an. Es war nun vollständig von dem sattgelben und butterzarten Fonduekäse umflossen, ein Anblick wie aus dem Kochbuch. Er brauchte nichts mehr als das – zu diesem ganz besonderen Weihnachten.

Ein erster Test, er war noch etwas misstrauisch – doch als er probierte, schlossen sich seine Augen, und sein Gesicht verzog sich zu einem seligen Lächeln. Elisabeth hatte recht, das hier war ein gutes Fondue, egal ob Aldi, egal ob fertig, es war super. Cremig, würzig, gehaltvoll in der Winterzeit. Draußen schneite es noch immer, und im Kamin knackte es ab und zu, wenn ein paar Schneeflocken es durch den Schornstein bis hinein geschafft hatten.

»Erzähl mal, Cord, wie läufts denn in der Schule?«

»Puuh«, erwiderte Cord, »eigentlich ist alles gut, macht sogar Spaß, hab 'ne gute Klasse abgekriegt. Mann, wenn ich daran denke, wie aufmüpfig wir früher waren, da sind die Kids von heute richtig angepasst.«

»Ich glaube, das liegt am 11. September.«

»Was?« Alle sahen Christoph mit fragender Miene an.

»Ja, schaut doch mal: Irgendwie sind wir die letzte Generation, die aufgewachsen ist in der völligen Gewissheit, dass die Welt immer nur noch besser wird. Weniger Krieg, mehr Rechte für alle, wir kannten keine Bedrohungen. Echt, ich hab das erste Maschinengewehr in meinem Leben in Deutschland nach dem 11. September gesehen. Vorher war alles Friede, Freude, Eierkuchen.«

Cord kratzte sich am Kopf. »Hmm, da könntest du recht haben.«

»Wir waren fast erwachsen, als das passiert ist – da war unsere Prägung durch«, fuhr Christoph fort.

»Wobei ich jetzt nicht finde, dass du wahnsinnig unangepasst bist«, sagte Cleo bissig.

»Pöbel ruhig weiter, Schwesterherz. Na ja, alle Kinder, die danach aufwuchsen, haben das Bild von den einstürzenden Türmen im Kopf gehabt. Nicht als Horrorfilm, sondern in echt. Und die wussten: Ey, da sind böse Leute, die wollen, dass es uns nicht gut geht. Und dann kam ... na ja, was eigentlich: der Krieg in Afghanistan, der Krieg im Irak, Guantanamo, dann der Terror in Frankreich, in Brüssel, dann der bescheuerte Trump und schließlich Corona – na vielen Dank auch. Bis dann noch Putin durchgedreht ist – und jetzt hat auch das letzte Kind begriffen, dass die Welt irgendwie verrücktspielt.

Also sind alle jetzt angepasst, suchen nach Sicherheit, heiraten mit neunzehn oder kriegen Kinder und nehmen sich ’ne gemeinsame Wohnung, die sie dann mit Designermöbeln ausstatten. Alles auf Nummer sicher.«

»Du bist ja ein richtiger Philosoph«, sagte Cord anerkennend. »Steht das alles in deiner Zeitung?«

»Blödmann«, erwiderte Christoph.

»Also, du hast angepasste Schüler«, fasste Elisabeth zusammen und nahm sich eine weitere Scheibe Schinken, »ist doch gut. Und wie geht es Sylvie in ihrer Firma?«

»Ich glaube, es geht ihr zu gut«, antwortete Cord knapp.

»Was heißt das denn?«

»Ist noch Wein da?« Cord ignorierte ihre Frage. Pascal stand auf und goss ihm nach. »Der Petite Arvine ist echt lecker.«

»Und bei dir?«, fragte Elisabeth und sah Cleo an, weil sie spürte, dass sie besser das Thema wechseln sollte.

»Hmm, ich glaube, ich muss mir 'nen neuen Job suchen«, antwortete ihre Tochter.

»Was? Wieso das denn?«

»Na ja, früher hab ich immer den Freund gewechselt – aber jetzt wechsele ich lieber den Job.« Sie grinste und griff nach Samys Hand, der sie verliebt anlächelte.

»Keine Ahnung«, sagte sie stöhnend, »vielleicht ist das mein Schicksal. Als ich Castortransporte gestoppt habe, war das noch cool. Und jetzt tragen die jungen Leute in ihrer Freizeit Moncler-Jacken. Und als ich Surflehrerin wurde, gab es noch richtige Surfer, so mit Bauchmuskeln und langen Haaren – und heute trägt jeder Kappes ein Surfboard unterm Arm und fühlt sich supercool. Na ja, und seitdem ich Yogalehrerin bin …«, sie schüttelte verwirrt den Kopf, »keine Ahnung, echt nicht. Früher war das ein Sport für Eingeweihte, Leute, die mal in Tibet waren oder die echt einen Sinn im Leben gesucht haben. Und jetzt sind meine Schülerinnen irgendwelche Prenzlauer-Berg-Muttis, die sich 'ne Buddhafigur aufs Fensterbrett stellen und Achtsamkeit leben wollen, aber eigentlich ständig nur den anderen Frauen aufn Arsch gucken, um zu sehen, welcher besser aussieht. So hab ich mir das eigentlich nicht vorgestellt. Da is so 'ne Schauspielerin, die wohnt in meinem Kiez, die klopft wirklich, nachdem die Yogastunde schon angefangen hat, so lange an die Tür, bis ich sie reinlasse. Sag mal, geht's noch?«

Sie mussten alle lachen, weil sich Cleo so in Rage geredet hatte. »Das ist nicht lustig, das ist mein Leben.«

»Wie Christoph sagte – 9/11 hat alles verändert«, sagte Cord vorsichtig und fing sich einen wütenden Blick von Cleo ein.

»Ich finde es ein bisschen hart, wie du über deine Schülerinnen urteilst«, sagte Gesine. »Ich gehe auch zum Yoga, und es ist nun mal so, dass man die anderen anschaut. Was sollte man denn auch sonst machen, so eine Stunde ist schließlich lang.«

»Da seht ihr es«, sagte Cleo und wies auf Gesine. »Das ist mein Leben.«

»Magst du mit mir morgen eine Stunde Yoga machen?«, fragte Gesine, als hätte sie den beißenden Spott gar nicht gehört.

»Wenn bis dahin nicht die Hölle zufriert«, erwiderte Cleo. »Und jetzt will ich weiteressen«, sagte sie und tunkte ein Stück Brot so aufgebracht in den Käse, dass der Topf auf dem Rechaud wackelte.

»Aber wo du das mit dem Castor sagst«, übernahm Cord das Wort, »das ist schon verrückt mit den Klimaprotesten. Ich hab ja auch so *Fridays for Future*-Kids in meiner Klasse. Und zwei haben sich dann echt einmal in Genf auf der Straße festgeklebt. Da hab ich die aber rundgemacht.«

»Wieso?«, fragte Pascal. »Das hätte doch zu Cleo und dir auch gut gepasst, damals. Vor 9/11«, fügte er grinsend hinzu.

»Ja, ich bin ja auch gar nicht gegen Protest. Nur gegen so doofen.«

Alle sahen Cord fragend an.

»Na, die müssen doch überlegen, wie sie auf die richtige Seite der Geschichte kommen. Es geht doch ...«, er zögerte, »es geht doch um eine Erzählung. Aber dass die sich wirklich immer noch gegen die arbeitende Bevölkerung stellen, anstatt sich dort festzukleben, wo die Leute sitzen, die die Politik machen und den ganzen Mist verzapfen – ich verstehe das alles nicht.«

»Was willst du damit sagen?«, fragte Pascal.

»Na, die legen sich mit denen an, die es ohnehin schwer genug haben. Niemand würde sich aufregen, wenn diese Aktivisten so einen auf Robin Hood machen würden, also sich ein anderes Image zulegen. Sich bei RWE in die Zentrale kleben oder dafür sorgen, dass der Kanzler nicht zur Weltklimakonferenz mit dem Flieger reisen kann oder so, aber doch nicht morgens im Berufsverkehr den Malermeister auf dem Weg zur Arbeit aufhalten, da trifft es doch immer die Falschen. Ich kapier das nicht.«

»Hmm, ich befürchte, du hast recht. Es bräuchte eine echte Robin-Hood-Aktion«, sagte Pascal.

»Die angreifen, die ohnehin niemand leiden kann ...«, fügte Elisabeth hinzu.

»Also die, die Billigfleisch vermarkten. Oder SUV-Besitzer in Innenstädten, die aufm Fußgängerweg parken. Irgendwie so.«

»Ab sofort werde ich dich nur noch Cord Hood nennen«, sagte Cleo und lächelte ihren Bruder stolz an.

»War der eigentlich Single, der Robin Hood?«, fragte Cord

Es trat ein Moment der Stille ein, aber er dauerte nur kurz.

»So, dann reicht es jetzt aber auch mal mit der Geheimniskrämerei«, sagte Elisabeth laut. »Cord, was ist los bei euch? Du bist so schlecht drauf, du lässt das Fondue ... ähm ... fast anbrennen, nun sag schon, was ist los?«

»Ronja, geh mal kurz nach oben«, befahl Cord streng, doch Ronja legte ihren Löffel weg und funkelte ihn wütend an.

»Meinst du, ich bin ein blödes Baby? Ich hab euch doch streiten hören. Ich möchte auch wissen, was los ist. Und ich hab gar keinen Bock darauf, dass ich jetzt immer nur mit einem von euch Weihnachten feiern darf. Thea hat da auch keinen Bock drauf, hat sie mir vorhin gesagt. In Babysprache …«

Cord sah Ronja sanft lächelnd an, und Pascal traten schon wieder Tränen in die Augen. »Du bist echt mein kluges Mädchen«, brachte Cord mühsam hervor. »Na ja, dann eben vor dem ganzen Tribunal.«

Er blickte zum Lichtschein, der aus dem Kamin strahlte, als schaffte er es nicht, sie beim Sprechen anzuschauen.

»Es war eigentlich alles gut. Und nun – jetzt liegt alles in Trümmern.«

»Wieso?« Elisabeth klang alarmiert. »Was ist denn los?«

»Ey, es war eine beschissene Weihnachtsfeier.« Er nahm die Hand vor den Mund und sah Ronja und Mats an. »Sorry, sagt man nicht. Na ja, aber es war nun mal so.«

»Du hast auf einer Weihnachtsfeier über die Stränge geschlagen«, rief Cleo, »alter Haudegen.«

»Nein, wenn es denn mal so gewesen wäre …« Er grinste. »Spaß beiseite. Sylvie hatte eine Weihnachtsfeier in ihrer Firma und … Mann«, er schlug mit der Hand auf den Tisch, »sie hätte es mir einfach nicht erzählen sollen. Dann wäre alles gut gewesen. Dann wäre ich zwar auch der Gehörnte, aber wenigstens wüsste ich das dann nicht.«

»Sylvie hat dich betrogen?« Gesines Stimme hallte über den Tisch.

Cord sah sie offen an. »Sie sagt, es sei nur ein Kuss gewesen.«

»Ein Kuss auf der Weihnachtsfeier«, wiederholte Elisabeth und sah zum Fenster hinaus. Sie schien baff zu sein.

»Ja, irgendein Typ aus einer anderen Abteilung. Sie hat es mir am Morgen nach der Feier erzählt – also wirklich gleich, sie hat nichts verschwiegen. Sie wollte weiterreden, aber ich habe ihr gesagt, dass ich es nicht hören will. Ich bin gegangen, ich war einfach ... Ich war einfach so verletzt. Ich hätte das nie gedacht – nicht bei Sylvie und mir.«

»Warst du vielleicht nicht engagiert genug?«, fragte Christoph über den Tisch hinweg.

»Sagt der Typ, der an Heiligabend acht Stunden lang Zeitung liest – und wahrscheinlich selbst noch die Todesanzeigen und das Impressum.«

»Wer liest denn nicht die Todesanzeigen?«, fragte Christoph erstaunt.

»Hör mal, Sylvie und ich, wir sind wie geschaffen füreinander. Wir schlafen noch ... äh«, er warf einen Blick zu Ronja, »wir unternehmen noch sehr viel gemeinsam, und ich bringe ihr einmal die Woche Blumen mit, wir gehen aus, na ja, wir gingen aus, bis Thea kam, und wir haben uns noch eine Menge zu sagen. Ich glaube, wir führen eine gute bis sehr gute Ehe – keine Ahnung, ich habe ja nur die eine. Und nun ... Nun ist trotzdem alles aus.«

Elisabeth hatte feuchte Augen bekommen. Sie griff über den Tisch nach Cords Hand und fragte:

»Wieso muss denn gleich alles aus sein?«

»Na, ist doch ganz klar. Wie soll ich das denn vergessen? Immer wenn ich sie jetzt küsse, sehe ich diesen Typen vor mir, der auch... Und außerdem: Sie hat das entschieden. Sie hatte die Wahl. Und sie hat entschieden, ihn zu küssen. Also hat sie sich gegen mich entschieden. Etwas in ihrem Inneren will mich nicht und will uns nicht.«

»Ich glaube, das ist etwas vereinfacht gesagt«, versuchte es Elisabeth und streichelte seine Hand. Doch Cord zog sie schnell weg. »Vereinfacht? Für mich ist daran gar nichts einfach. Ich bin hergefahren, um ohne meine Frau, die ich liebe, Weihnachten zu feiern. Ich ... Ich bin immer noch wie unter Schock.«

»Das glaube ich«, sagte seine Mutter.

»Ich ...«, begann Cord, und alle erwarteten, dass nun etwas kam, etwas Großes, aber er brach einfach ab und sah dabei so unglücklich aus, dass nun sogar Ronja seine Hand nahm.

»Mama, ich muss kackern!«, rief Mats.

»Ich kann gehen«, sagte Christoph und ließ die Fonduegabel sinken.

»Ich will aber mit Mami«, rief Mats.

»Nein, nein, ich mach das schon«, erwiderte Gesine und stand auf, um mit ihrem Sohn ins obere Stockwerk zu verschwinden.

»So, mein Lieber«, sagte Cord und lehnte sich über den Tisch, »und weil ich hier Seelenstriptease gemacht habe, frag ich dich jetzt auch mal, wie es dir geht. Letztes Jahr hast du ja zumindest ab und zu mal von der Zeitung hochgeschaut, aber heute ... Ich könnte dir auch noch ein paar Uraltzeitungen aus der Papiertonne suchen, dann kannst du mal schauen, ob Papst Johannes Paul II. noch lebt.«

Christoph sah ihn ausdruckslos an.

»Nun sag schon, was ist los?«

»Ganz ehrlich?« Christoph griff nach seinem Glas und nahm einen tiefen Schluck. »Auch wenn ihr es nicht hören wollt, weil ihr so mit euch selbst beschäftigt seid: Mir geht es gut. Ich bin nur so furchtbar, furchtbar müde. Und möchte eigentlich nur meine Ruhe – am liebsten würde ich mal für ein Jahr ins Kloster gehen und schweigen. Auf der Arbeit plappern mich alle voll mit ihren belanglosen Sachen, ich bin ungefähr siebzig Stunden pro Woche in dieser blöden Bank und muss mir dort den ganzen Quatsch anhören. Und dann reden im Supermarkt und in der Kantine und beim Grillfest alle über Corona und Russland und die Ukraine und das Klima – und ich kann einfach nicht mehr.« Er schob seinen Teller von sich. »Es interessiert mich auch nicht. Mich interessiert, ob es uns gut geht, ob wir genug zu essen haben, ob ich mir das beschissene Gas noch leisten kann und den Strom und ob es Mats gut geht – und Gesine natürlich. Und meinetwegen sogar ob es Willi gut geht. Und ansonsten will ich von der Welt nichts wissen – und vor allem von der Welt nichts hören.«

»Und deswegen liest du die ganze Zeit Zeitung?« Pascal war erstaunt.

»Na klar. Ist doch paradox, oder? Ich will meine Ruhe, habe aber trotzdem so viel Angst vor der Zukunft, dass ich nicht abschalten kann und mich die ganze Zeit berieseln lasse. Aber ich glaube, es geht vielen so.«

»Und …«, Cord schien noch nicht zufrieden zu sein, »und findest du das normal, wie Gesine«, er zog das Wort leise und vorsichtig, »wie sie mit allen umgeht, aber auch mit dir …«

»Weißt du, mein Lieber, ich möchte gar nicht rumsticheln, so wie du es tust. Aber meine Frau ist hier – und sie feiert Weihnachten mit uns und vor allem: mit mir. Gesine mag für andere eine schwierige Person sein – aber ich liebe sie. Und sie liebt mich – und vor allem: Sie hält mir den Rücken frei. Sie beschützt unsere Familie wie eine Löwin, und sie macht das auch, wenn ich gerade nicht die Kraft dazu habe. Weil ich – wie gesagt – einfach nur meine Ruhe will. So einfach ist das.«

Und dann waren alle für einen Augenblick still, weil sie über Christophs Worte nachdachten, der heute noch nicht so lange am Stück gesprochen hatte. Und weil keinem etwas Sinnvolles einfiel, das sich erwidern ließe, blieben sie stumm, bis sie die Toilettenspülung hörten und Gesine und Mats lächelnd wieder nach unten kamen. »War was?«, fragte Gesine.

»Nein, gar nichts«, sagte Pascal. »Magst du noch Kartoffeln? Oder Weißwein?«

»Na ja, da ich ja keinen Käse essen konnte – eine Kartoffel würde ich schon noch nehmen.«

Ja, dachte Pascal, ein bisschen schwierig ist sie wirklich.

»Und hier ist Radio Rottu Oberwallis in der Heiligen Nacht. Uns erreichen viele Anrufe von Hörerinnen und Hörern, und deshalb haben wir die Gemeindeverwaltung von Fiesch kontaktiert: Durch einen Lawinenabgang ist die Stromleitung zwischen Fiesch und Ernen beschädigt worden, wodurch nun mehrere Haushalte ohne Strom sind. Aktuell sind die Räumfahrzeuge draußen am Unglücksort, damit die Reparaturarbeiten beginnen können. Wann der Strom wieder da sein wird, ist zur Stunde noch unklar. Wir geben Ihnen ein gutes Lied zum Kerzenschein – hier ist mein persönlicher Lieblingsweihnachtssong, Ronnie Milsap mit ›Holy Night‹«.

Heilige Nacht, 21.14 Uhr

Käsefondue hat einen unweigerlichen Effekt: dieses Gefühl, unendlich satt zu sein und nie wieder im Leben etwas essen zu können, das sich zwar erst nach zwei Stunden einstellt, dann aber für lange Zeit nicht abflaut. Und so waren das Chaos und Durcheinander des Abends nun einer akuten Erschöpfung und anhaltenden Trägheit gewichen. Christoph saß wieder auf der Couch und hatte inzwischen zur Fernsehzeitung gegriffen; sein Drang, Mats ins Bett zu bringen, schien sich in engen Grenzen zu halten. Gesine stand am Fenster und sah hinaus in die Dunkelheit. Elisabeth räumte mit Pascal die Küche auf. Thea saß am Boden und türmte hölzerne Bausteine übereinander, auch sie wirkte nur noch wie ein müder Roboter – aber: Sie hielt durch. Die anderen beiden Kinder waren oben, kein Laut war zu hören, während Cord und Cleo den kleinen Schrank im Wohnzimmer durchwühlten.

»Wir haben doch mal so ein *Werwolf*-Spiel gehabt, oder?«, fragte Cleo und schob die großen Brettspiele beiseite. »Dazu musste man doch mindestens zu acht sein – wollen wir das nicht mal wieder spielen? Ich lieb das so.«

»Oder *Hotel*. Lasst uns doch *Hotel* spielen«, sagte Cord und sah aufmunternd in die Runde.

»Ich bin bei beidem dabei«, erwiderte Pascal und trat hinzu, um den beiden zu helfen. »Ich glaube, *Werwolf* ist hier in der Schublade.« Er zog sie auf, und gerade als er die kleine graue

Kiste herausnahm, war von oben ein markerschütternder Schrei zu hören. Die Stimme eines Jungen, der heute schon viel geschrien hatte, doch diesmal ... Pascals Herz machte einen Satz, denn dieser Schrei war wirklich ohrenbetäubend. Sie konnten nicht verstehen, was genau er schrie, hörten nur ein lautes Poltern, erst oben im Flur, dann die Treppe herunterkommend. Nun wurden die Worte verständlicher: »Grinch!«, rief Ronja immer wieder, und Mats krächzte: »Spucken, Grinch, spucken ...«, und dann polterten sie alle die Treppe herunter, erst der riesige Hund, der den Kopf hängen ließ, dann Mats und schließlich Ronja hintendrein.

Mit einem Satz war Gesine an der Treppe, und sogar Christoph ließ die Zeitschrift sinken. Mitten im Wohnzimmer standen sie nun, ein völlig aufgelöster Mats und alle anderen, Elisabeth und Gesine kamen aus der Küche gestürzt.

»Grinch!«, rief Mats, »spucken ...«

»Was soll er ausspucken, Mats?«, rief Cord. Und dann brach es aus dem Jungen hervor:

»Grinch hat Willi gefressen.«

Heilige Nacht, 21.17 Uhr

Eines war gewiss: Es war in dem Chalet an diesem Tag noch nicht so still gewesen wie in diesem Moment. Keiner sprach mehr, da waren nur das Hecheln des gewaltigen Hundes und der schockstarre Mats, der aber gerade zu einer neuen Schreiattacke ansetzen wollte. Alle anderen standen einfach nur da, mit offenen Mündern und ungläubigen Mienen.

»Er hat *was?*« Tatsächlich war Christoph der Erste, der seine Stimme wiederfand, den Blick zwischen dem Hund und den Kindern hin- und herwendend. Tatsächlich hatte die Dogge reichlich Sabber am Maul hängen und bewegte ihren Kiefer, als mahlte sie etwas.

»Willi … Er is hinter Willi her und dann … Ich weiß auch nicht …«

Cord schob sich neben seinen Bruder und blickte seine Tochter verständnislos an. »Was ist da oben passiert?«, fragte er, und Ronja sah ihren Vater von unten an. Sie stand ganz nah bei Mats, der immer noch bebte, sie wollte ihn berühren, so sah es jedenfalls aus, bevor sie sagte:

»Du hast den Käfig aufgemacht, obwohl die Zimmertür offen war, und ich habe noch gesagt: *Lass ihn nicht raus*, aber dann is …«

»Blöde Ronja … Er wollte doch rumlaufen, und dann kam Grinch …« Mats hob die Hand, als wollte er den Hund schlagen, doch die Dogge verzog sich von selbst und verkroch sich hinter Cleo, als ahnte Grinch, dass es hier gerade ganz eng wurde für ihn.

»Was ist passiert?«, wiederholte Cord. Seine Stimme war nun ganz die des erfahrenen Lehrers, ruhig, souverän und dennoch fordernd. Pascal bewunderte seinen Sohn in diesem Moment für seine Besonnenheit.

»Grinch soll Willi ausspucken«, wiederholte Mats, doch die Blicke der Erwachsenen ruhten auf Ronja. Sie straffte die Schultern, und dann sagte sie: »Mats hat mit dem Tablet gespielt und ich mit dem iPhone, und dann hat Willi gequengelt, und Mats hat ihn gleich rauslassen wollen. Aber ich hab gesagt: *Die Tür is offen*, aber das hat ihn nicht interessiert. Und in dem Moment, als Willi losging, kam Grinch rein, als hätte er etwas gerochen und dann ... Dann ist er losgestürzt, und Willi is auch los und dann ... In der Ecke des Zimmers hat er ihn erwischt, und dann hat Grinch einmal zugeschnappt, und dann war Willi weg ...«

»Jetzt mal echt!«, rief Cleo, »Grinch frisst doch keine Hamster.«

»Hat er aber ...«, gab Mats wütend zurück, »blöder Grinch.«

»Grinch hatte gerade vorhin Futter bekommen«, versuchte Cleo es mit der Logik einer Erwachsenen, »der kann gar keinen Hunger gehabt haben – und er würde außerdem den Teufel tun und so ein dickes Fellknäuel fressen.«

»Hat er aber ... doofe Cleo«, erwiderte Mats in einer neuen Variation – und tatsächlich nickte Ronja, die neben ihm stand. »Na ja, er hat zugeschnappt, und danach war der Hamster weg.« Den Tränen nahe ließ sie den Kopf sinken. Pascal konnte es ihr nicht verdenken.

»Grinch soll ihn ausspucken!«, schrie Mats nun und ging auf Cleo zu, hinter der sich die Dogge immer noch mit eingezogenem Schwanz versteckte, »und wenn er das nicht macht, dann müssen wir ihm den Bauch aufschneiden. Ich will Willi wiederhaben.«

»Niemand wird Grinch den Bauch aufschneiden!«, rief Cleo, als müsste sie Mats persönlich davon abhalten, gleich in die Küche zu eilen und ein Messer zu holen.

»Ich glaub, ich spinne!«, rief nun Gesine und schob sich nach vorne. »Da feiern wir Weihnachten mit zwei Kindern und einem Baby – und du bringst diesen gemeingefährlichen Hund mit. Das ist doch eine Bestie … Er frisst Mats' Hamster, und du nimmst ihn auch noch in Schutz? Stell dir mal vor, du hättest ein Baby und er würde es angreifen, Cleo«, fauchte sie, ihr Gesicht war ganz rot. Pascal hatte urplötzlich ein Engegefühl in der Herzgegend.

»Jetzt hör aber auf!«, schrie Cleo zurück. »Thea krabbelt da rum und spielt, und Grinch sitzt hier – der interessiert sich nicht die Bohne für die Kleine und auch nicht für euren Hamster.«

Jetzt war es so weit: Mats brach in Tränen aus, sein Kinderkörper bebte. Ronja wollte ihn in den Arm nehmen, aber Mats stieß sie weg: »Du bist schuld«, schrie er, »du hast die Tür aufgelassen!«

»Das stimmt doch gar nicht!«, rief Ronja zurück, doch auch ihr Gesicht verzog sich, und die Tränen ließen sich nun nicht mehr aufhalten. Mats rettete sich in die Arme seiner Mutter, während Cord sich schützend neben seine Tochter stellte.

»Ihr müsst Grinch aufschneiden«, wiederholte Mats seine Forderung, auf Gesines Arm war er nun in Augenhöhe mit Cleo und den Männern und blickte sie wütend an.

Pascal sah, wie Elisabeth den Kopf schüttelte, er kannte sie gut, er wusste, dass sie einen Plan hatte. Sie stellte sich neben ihn und sagte leise: »Wir müssen etwas unternehmen – und mir fällt nur eine ein, die uns sagen kann, was.«

»Ich hatte die gleiche Idee«, erwiderte Pascal. »Aber heute ist Heiligabend …«

»Wird schon gehen«, sagte sie. »Wenn es für dich okay ist …«

Er nickte. »Bevor hier noch ein Krieg ausbricht.«

Sie räusperte sich, und ihre Stimme war belegt, als wäre Elisabeth selbst fassungslos, doch dann sagte sie ruhig: »Okay. Klar ist: Der Hamster ist weg, und wir müssen überlegen, was wir machen. Ich werde jetzt die Tierärztin hier im Ort anrufen. Und dann fragen wir sie, wie wir den Hamster aus dem Hund kriegen. Okay, Matsi?«

Der Junge, dessen Unterlippe sich gerade wieder vorschieben wollte, nickte. Cleo sah Elisabeth fragend an. »Na, irgendwas müssen wir ja machen. Vielleicht gibt es ein Mittel, damit der Hund sich übergibt oder so.«

»Der soll den Hamster auskotzen?«, fragte Cleo. Doch Samy griff nach ihrer Hand, und Pascal sah, wie er sie fest drückte. Ihre Tochter verstummte einen Moment, dann nickte sie. »Okay, ruf an.«

Elisabeth ging in den Flur, und die Familie sah ihr stumm nach. Sie hörten sie leise sprechen, ein kurzes Telefonat nur, dann kam sie zurück. »Dora macht sich auf den Weg. Sie zieht die Schneeschuhe an und hofft, dass sie es bis hierher schafft.«

»Und was hat sie gesagt?«

»Dass Doggen eigentlich sehr friedliebend sind. Und dass sie sich beeilt.«

»Grinch soll Willi ausspucken«, wiederholte Mats, und Gesine streichelte ihm über den Kopf, während sie die Dogge wütend anblickte. »Wird alles gut, mein Schatz. Die Ärztin wird Willi retten.«

Pascal fragte sich, wie lange ein Hamster in Magensäure überleben konnte, bevor er sich auflöste. Gut, Willi war recht dick, und dennoch … Er stellte sich neben Elisabeth und fragte flüsternd:

»Was hat sie wirklich gesagt?«

»Dass sie noch nie eine Geschichte gehört hat, die so gut zu Weihnachten passt wie diese.«

Heilige Nacht, 21.49 Uhr

Das Radio dudelte weiter leise vor sich hin, und draußen vor dem Fenster fiel der Schnee in so dichten Flocken, dass Pascal dachte, es würde niemals wieder aufhören zu schneien. Wäre das eigentlich so schlimm, fragte er sich? Wenn diese Nacht niemals enden würde …

Für den Augenblick war ein Burgfriede eingetreten. Mats saß bei Gesine auf dem Schoß, die auf einem Stuhl in der Ecke des Raumes saß, und beide starrten stumm, aber vorwurfsvoll den Hund an, der sich unter Cleo zusammengerollt hatte, den Blick an die Decke gerichtet, als befürchtete er schon das Schlimmste. Cleo wiederum sprach leise mit Samy, während Cord Ronja beruhigte, die immer noch unter Mats' verbalem Angriff zu leiden schien. Einzig Thea krabbelte auf dem Boden rum und stieß alle paar Sekunden ein fröhliches Glucksen aus, als würde sie die angespannte Truppe um jeden Preis aufheitern wollen.

Elisabeth lief unruhig von einer Seite des Zimmers zur anderen, sah hinaus durchs Fenster, strich die Tischdecke glatt, dann nahm sie ein großes Holzscheit aus dem Korb und legte es in den Kamin. Die Flamme wurde erst kleiner, dann griff sie nach dem Holz, und kurz darauf legte sich eine schwere Wärme in den Raum. Pascal sah seiner Frau nach, die nun in die Küche verschwand, wahrscheinlich schaute sie dort wieder durchs Fenster. Er wusste genau, was in ihr vorging. Er hätte ihr diesen Moment sehr gerne erspart. Aber das hier war ein Notfall. Oder etwa nicht?

Er dachte kurz an den Nachmittag im Schnee zurück. Der Autoschlüssel. Die Schneeberge. Ihre Suche. Und dann Cleos Fund. Es schien so lange her zu sein. Wenn ihm zu dem Zeitpunkt jemand gesagt hätte, dass dies erst der Anfang eines noch viel chaotischer werdenden Heiligen Abends war, er hätte sich wahrscheinlich ins Bett verkrochen.

»Wollen wir was spielen? Vorhin wollten wir doch *Hotel* aufbauen.« Pascal glaubte erst, sich verhört zu haben, doch es war tatsächlich Christoph, der die Frage stellte. Es dauerte nur Sekunden, bis Gesines Knurren ertönte.

»Echt jetzt?« Sie klang noch wütender als zuvor. »Der Hamster deines Sohnes wird gerade verdaut, und du willst um Papiergeld zocken? Dein Ernst?«

»Ich meine doch nur …«

»Was meinst du?«

Christoph verstummte und griff routiniert nach der Zeitung. Die anderen Mitglieder der Familie sahen zu Boden. Gott sei Dank klopfte es in diesem Moment.

Mit schnellen Schritten ging Pascal zur Tür und öffnete sie vorsichtig. Dort stand eine Person, die komplett in eine Schneeschicht gehüllt war, es ließ sich nur erahnen, dass sich ein dicker, dunkelbrauner Mantel darunter verbarg. Auch die knallgelbe Bommel einer Mütze ragte aus dem weißen Pulverschnee heraus.

»*Bonsoir*«, sagte sie leise, und ihr Blick traf den von Pascal.

»Herrje«, sagte er leise, »was wir Ihnen hier zumuten«, dann trat er beiseite. »Kommen Sie schnell herein.« Er spürte die Blicke der Familie in seinem Rücken – und auch wenn er sie nicht sah, wusste Pascal, dass auch Elisabeth ihn in diesem Moment beobachtete.

Gerade als die Frau das Haus betreten wollte, gab es vom Dorf her einen Knall. Sie alle erschraken, Mats stieß einen schrillen kleinen Schrei aus. Irgendwo im Ort, wahrscheinlich nahe der Kirche, war wohl ein Strommast unter der Schneelast zusammengebrochen. Und mit einem Schlag waren die Fenster rings um sie herum dunkel, auch die Straßenlaternen erloschen – und Pascal ahnte schon, dass das nächste Unheil begonnen hatte, bevor das vorherige überhaupt ausgestanden war. Und richtig: Er hörte schon ein verzweifeltes *»Oh, merde«* von Cord, der immer nur auf Französisch fluchte, dann drehte er sich um. Das Radio gab keinen Ton mehr von sich, nur noch das Knistern des Kamins war zu hören. Und das Feuer war auch die einzige verbliebene Lichtquelle. Die Lampe auf dem Fensterbrett, der Schwibbogen, die Lichterkette am Weihnachtsbaum – alles war erloschen.

»Auch das noch«, flüsterte er leise.

»Ich glaub es ja nicht«, kam es genervt von Gesine.

»Stromausfall?«, fragte Cleo.

»Entweder es gab einen Kurzschluss in der Leitung, oder ein Mast ist unter der Last des Schnees umgefallen und hat die Leitung abgerissen«, sagte Pascal. »Das würde jedenfalls den Knall erklären.«

»Und wie lange geht das jetzt?« Cords Blick war gleichmütig, doch in seiner Frage schwang Beunruhigung mit.

»An Weihnachten? Und bei diesen Wetterverhältnissen? Schwer zu sagen.«

»Na, dann stellen wir uns mal auf eine sehr dunkle Nacht ein.«

»Wer ist das?«, krähte Mats. »Wer is die Frau?«

Jetzt erst fiel Pascal wieder ein, warum er eben zur Tür gegangen war.

»Oh ja, natürlich, also Frau Dr. Burgener. Sie ist die Tierärztin von Ernen.«

Dora Burgener war noch dabei, sich den Schnee aus der Kapuze zu schütteln, dann nahm sie ihre Mütze ab und lächelte in die Runde.

»Guten Abend, alle miteinander«, sagte sie, »und gesegnete Weihnachten. Puuh, es ist echt eiskalt draußen.«

Die Ärztin war groß und breitschultrig, ihr graues Haar trug sie modern kurz geschnitten, und ihre hellblauen Augen strahlten Ruhe und Zuversicht aus. Sie hatte einen hellgrauen Wollpullover und eine bequeme Jeans an und wirkte nicht so, als hätte sie eine festliche Tafel verlassen, sondern eher, als hätte sie bis eben mit einem Krimi auf der Couch gelegen.

»Sie müssen den Bauch von Grinch aufschneiden.« Es war Mats, der zu seinem Mantra zurückgefunden hatte.

Die Ärztin wandte ihren Kopf überrascht dem Jungen zu und lächelte ihn an. Dann machte sie einen Schritt auf die große Dogge zu, die ganz ruhig liegen blieb, und nun es war Cleo, die die Ärztin aufmerksam anschaute.

»Na, dir Schönem sollen wir in den Bauch gucken?«, fragte sie ganz leise.

»Das machen Sie nicht wirklich, oder?«, fragte Cleo.

Die Ärztin sah zu ihr herauf. »Ich denke, das wird nicht nötig sein.« Wieder blickte sie die Kinder an. »Ihr wart dabei, als es passiert ist?«

»Ja«, sagte Mats und schnaubte. »Mit einem Happs hat er Willi aufgefressen. Und dann hat er ihn runtergeschluckt.«

Die Ärztin nickte, doch dann suchte sie Ronjas Blick. »Hast du das auch gesehen?«

»Na ja, nicht genau, wie er ihn runtergeschluckt hat. Aber erst war der Hamster da – und dann war er weg.«

»Hat der Hund denn gekaut? Wie heißt er eigentlich?«

»Grinch«, sagte Elisabeth, die hinzugetreten war, mit heiserer Stimme. Die Ärztin und Pascals Frau wechselten einen kurzen, kühlen Blick. »Er heißt Grinch.«

»Na, ich würde Weihnachten auch nicht mögen, wenn es dann nur Hamster zu fressen gäbe«, sagte Dr. Burgener knapp und ohne eine Miene zu verziehen. »Aber ihr habt kein Blut gesehen?«

Mats und Ronja schüttelten den Kopf.

»Na, dann gibt es ja noch eine Chance. Wie lange ist das jetzt her?«

Pascal blickte kurz auf die Uhr: »Achtzehn Minuten. Sie waren schnell hier, Frau Doktor.«

Die Ärztin nickte ihm lächelnd zu. »Okay, dann wollen wir doch mal sehen.«

Sie öffnete ihre kleine Ledertasche und entnahm ihr ein Stethoskop und einen Spatel sowie eine kleine Lampe. Dann streichelte sie dem Hund sanft über die Nase, bis er blinzelte.

»So, ich muss dich kurz bei deinem Verdauungsschläfchen stören, magst du einmal das Maul …« Sie griff ihm an die Lefzen, bis er seine Zähne zeigte. Mit der Lampe leuchtete sie in sein Maul und inspizierte alles demonstrativ gründlich. Mats quiekte: »Willi …«, und Gesine, die ihren Sohn immer noch auf dem Schoß hielt, flüsterte: »Das ist doch gefährlich.«

Doch der Hund ließ alles geduldig über sich ergehen. Dann streichelte die Ärztin ihn vorsichtig am Bauch, bis er aufstand, damit sie ihn abhören konnte. Nach einer Weile nickte sie, nahm das Stethoskop ab, stand auf und lächelte in die Runde. Alle im Raum blickten sie erwartungsvoll an.

»Also, ganz ehrlich: Dieser Hund hat niemanden gefressen. Er hat sogar schon eine Weile gar nichts gefressen, oder?«

Sie sah Cleo fragend an.

»Na ja, vor ungefähr vier Stunden hatte er sein Futter.«

»Dachte ich mir.«

»Wollen Sie sagen, Mats lügt?« Gesine funkelte die Ärztin wütend an.

»Ich will gar nichts sagen«, entgegnete Dr. Burgener freundlich. »Vielleicht hat der Hund mit dem Hamster tatsächlich gespielt, alles ging wahnsinnig schnell, und dann kann es schon sein, dass es so aussah, als hätte er ihn verschlungen. Aber ich höre im Bauch des Hundes weder einen lebenden Hamster noch kann ich ein Geräusch feststellen, dass auf einen akuten Verdauungsvorgang hindeutet. Im Maul sind außerdem weder Fellreste noch irgendetwas anderes. Und auch wenn der liebe Grinch ein wirklich beeindruckendes Maul hat – einen solchen Fellklumpen wie einen ausgewachsenen Hamster würde er nicht mit einem Mal runterschlucken können. Wobei ich sowieso glaube, dass der Hund den Teufel tun würde und einen Nager verspeisen. Dafür müsste er schon sehr ausgehungert sein.«

»Und wo ist Willi dann?« Mats konnte noch nicht aufgeben. »Wollen wir nicht doch mal nachgucken? In seinem Bauch?«

Doch die Ärztin ließ sich nicht aus der Ruhe bringen und schüttelte freundlich den Kopf. »Das müssen wir wirklich nicht machen, kleiner Mann. Dein Willi ist bestimmt irgendwo – aber ganz sicher nicht da drin.« Sie wies auf den Hund, der wieder in sich zusammengesackt war. »Ihr müsst noch mal das ganze Haus absuchen – wollt ihr das tun? Und ich … Ich mache mich mal wieder auf die Socken.«

»Kommt nicht infrage.« Pascal schien vor sich selbst erschrocken zu sein. Offenbar hatte er mit so felsenfester Überzeugung gesprochen, dass ihn alle überrascht ansahen, besonders Elisabeth. Er wies nach draußen. »Der Schneefall hat noch zugenommen. Und die werden sicher bald anfangen, die Lawinen zu sprengen. Jedenfalls müssen Sie hierbleiben, Frau

Doktor. Alles andere ist viel zu gefährlich. Und Sie haben ja sicherlich zu Hause auch keinen Strom. Also setzen Sie sich doch und trinken ein Glas Wein mit uns.«

Der Blick nach draußen offenbarte tatsächlich ein unwirtliches Bild: stockfinster und so klirrend kalt, dass die Nacht eine große Eisblume auf die Scheibe gezaubert hatte.

»Aber ich …«

»Keine Widerrede«, rief Cleo aus, »schließlich haben Sie verhindert, dass Mats ein Messer holt und meinen Hund …«

»Cleo«, flüsterte Elisabeth, noch bevor Gesine reagieren konnte. Sofort verstummte ihre Tochter.

»Ist das auch wirklich in Ordnung?«, fragte die Ärztin und sah in die Runde, und als niemand Widerspruch einlegte, lächelte sie und ging auf die freie Couch zu. »Na gut, haben Sie vielen Dank für die Einladung. Auf ein Glas kann ich sicher bleiben – und vielleicht beruhigt sich das Wetter ja auch gleich.«

»Ihr Wort in Gottes Ohr«, sagte Pascal. »Wir wollten gerade ein Gesellschaftsspiel spielen. Kennen Sie *Hotel*?« Er konnte selbst nicht glauben, dass er sie das fragte – ausgerechnet er. Aber Frau Dr. Burgener nickte sofort. Elisabeth goss ihr ein Glas Rotwein ein und stellte es vor sie hin, dann füllte sie ihr eigenes Glas bis oben hin und gönnte sich selbst einen großen Schluck. Sie trat zu Pascal und hielt ihm ihr Glas hin. »Hier, das kannst du jetzt sicher gebrauchen.«

»Das kannst du aber laut sagen.«

»Puuh, ich muss mal nach oben. Irgendwie ist mir gar nicht gut. Das mit Grinch war echt zu viel.« Cleo wirkte auf einmal sehr blass und stieg die Treppe hoch.

»Was soll da erst der arme Willi sagen?«, fragte Gesine kaum hörbar.

Heilige Nacht, 22.27 Uhr

»Ich möchte das Tadsch Mahal kaufen«, sagte Pascal und beglich bei Ronja, die die Kassiererin war, seine Schulden. »Und dann werdet ihr alle schön meine überteuerten Zimmer bezahlen.«

»Das werden wir doch mal sehen«, sagte Cord und würfelte. »Beim Hotel Étoile stehen immerhin schon ein paar Gebäude, während dein indischer Moder-Palast noch eine Baustelle ist. Und Frau Dr. Burgener steht auch ganz gut da mit ihrem Sechs-Sterne-Hotel.«

»Wir Schweizer, wir können eben mit Geld umgehen«, sagte die Ärztin lächelnd.

In diesem Moment gab es einen ohrenbetäubenden Knall.

»Jetzt sprengen sie wirklich die Lawinen«, sagte Pascal und sah zum Berg. Es waren nur undeutliche Konturen zu erkennen, aber es war klar, dass hier gerade riesige Schneeplatten aus den Bergen zu Tal herunterrasten, es waren kontrollierte Sprengungen durch Experten, – und trotzdem kam ihnen die Situation gerade sehr bedrohlich vor.

»Mama«, sagte Mats und kuschelte sich eng an Gesines Bein, die nun neben Christoph saß. »Alles gut, es passiert nichts«, sagte sie.

»Leute!«, rief Cleo, die gerade wieder nach unten gekommen war. »Leute, seht mal.« Pascal kniff die Augen zusammen, doch sie stand einfach zu weit weg. »Was ist …«

»Ich hab Willi«, sagte sie und ging vorsichtig zu Mats, den kleinen Hamster beschützend in der Hand haltend. »Echt jetzt, Tante Cleo?« Mats rannte auf sie zu, genau wie Gesine, die nun sogar lächelte. »Willi!«, rief Mats und nahm ihn ihr ab, »wo warst du denn?«

»Der kleine Racker war nicht in Grinch, das kann ich nun sagen – er hatte sich im Wäschekorb versteckt.«

»Was? Wirklich? Wir haben doch überall nach ihm gesucht«, sagte Mats.

»Aber im Wäschekorb? Also, ich hab da nicht reingeguckt«, erwiderte Elisabeth. »Ihr?«

»Wahrscheinlich hat er sich erschrocken, als der Hund ihn gejagt hat«, mutmaßte Pascal. »Dann ist er da hochgeklettert und in den Wäschekorb reingefallen und allein nicht wieder rausgekommen.«

»Ja, das ist möglich«, erwiderte Cleo. »Na ja, jetzt ist er jedenfalls wieder da – und du bist von allen Vorwürfen freigesprochen.« Sie ging zu Grinch und kraulte ihn am Hals, bis der Hund glücklich die Zunge heraushängen ließ.

Draußen wurde die nächste Lawine mit einem lauten Knall ausgelöst.

Heilige Nacht, 22.48 Uhr

Zum ersten Mal an diesem Tag ging ihm Mats nicht auf die Nerven, dachte Pascal mit einem Lächeln, als er sah, wie glücklich der Junge mit seinem Hamster spielte. Vorsorglich hatten sie dem Tier aus dicken Kaminhölzern einen kleinen Bereich gebaut, in dem es herumlaufen konnte, und Mats beobachtete Willi dabei und streichelte ihn immer wieder. Ronja saß neben ihm und lockte den Hamster mit kleinen Salatblättern. Es war ein friedliches Bild, auch wenn Mats, der inzwischen sehr müde geworden war, alle paar Sekunden prüfend zu Grinch blickte, der lang ausgestreckt vor dem Kamin schlief.

Pascal kratzte währenddessen mit einer Gabel den Caquelon aus, obwohl er wusste, dass das strengstens verboten war. Aber er mochte den angebackenen Käse so gerne. Elisabeth sprach leise mit Cord, sicher ging es immer noch um Sylvie; er würde nachher auch einmal mit ihm reden.

»Sagt mal«, Cleo stemmte die Hände in die Hüften, »als ich eben oben war, stand da ein riesiger gepackter Koffer.« Ihre Stimme klang bohrend. »Fährst du weg, Mama?«

»Wie ...« Elisabeth blickte auf und kniff die Augen zusammen. Sie sah Pascal fragend an.

»Da oben, ein sehr großer Koffer in eurem Schlafzimmer, ich bin da eben rein, weil ich mal kurz ... Na ja, kurz durchatmen wollte und ... Er steht vor dem Bett, und er sieht vollgepackt aus. Mama, nun sag schon, willst du verreisen?«

»Es reicht jetzt.«

Pascals Faust sauste auf den Holztisch, die Gläser, alles, was darauf war, wackelten. Er nahm sein Glas und trank noch einen Schluck, dann sah er in die Runde, die ihn wortlos anstarrte. Neun Gesichter, erschrocken oder überrascht, auf jeden Fall aber gespannt. Sogar Mats fehlten die Worte. So hatte er seinen Opa wohl noch nie gesehen. Dora war die Einzige, auf deren Zügen ein leichtes Lächeln lag. Elisabeth hingegen war blass geworden. Würde sie ihn aufhalten? Sie hatte ihn darum gebeten, es heute nicht zur Sprache zu bringen. Ein ruhiges Weihnachten noch. Bevor alles anders sein würde. Aber es ging nicht. Er konnte es nicht. Und alles Unbehagen, das sich den Abend über in Pascal angestaut hatte, brach sich nun Bahn wie eine Lawine, die nicht mehr aufzuhalten war.

»Das schlägt dem Fass den Boden aus«, sagte er wütend. »Jetzt steht da ein Koffer – und der Schluss kann nur sein: Mama will verreisen. Weil Papa ja niemals verreist. Das hat mir sogar Mats vorhin gesagt: Opa verreist nie. Herrgott noch mal.« Wieder hieb er auf den Tisch und sah in die erstarrten Gesichter seiner Kinder. »Ihr sitzt hier alle, ob nun mit Hamster oder ohne, und glaubt, ihr wisst alles. Du, Christoph, der die Weisheit mit Löffeln gefressen hat – kein Wunder, wenn du so viel Zeitung liest –, und du, Cord, wie du dich über die neuen Freiheiten beschwerst, obwohl du selbst dir immer alles rausgenommen hast, und du, Cleo, die du dich auf nichts und gar nichts festlegen willst. Und ihr urteilt über uns, über Mama und mich – in dem Glauben, unsere Ehe würde so dahinplätschern. Mama ist die Antreiberin, die sich mit mir langweilt, aber sich irgendwie arrangiert hat, und ich bin der freundliche alte Sack im Wollpullover, der am liebsten vor der Glotze sitzt und Skispringen schaut. So ist es doch, oder?«

Er sah seine Kinder vorwurfsvoll an, und die blickten zurück wie vom Donner gerührt. Nur Cleo murmelte leise: »Na ja, Skispringen magst du ja schon, oder?« Cord zischte: »Psst.«

Und Elisabeth war noch blasser geworden.

»Aber ich muss euch sagen: Da liegt ihr völlig falsch. Klar, bis ihr ausgezogen seid, da wusstet ihr immer, was wir machen. Was wir mögen. Und wie sehr wir uns lieben – und euch natürlich. Aber seither ruft ihr ja nur noch an, wenn der Schuh drückt oder ihr knapp bei Kasse seid oder an Mamas Geburtstag. An meinem auch manchmal«, fügte er hinzu. »Aber euer Bild von uns ist immer dasselbe. Ich kann euch das gar nicht verübeln. Ihr merkt ja selbst, wie sehr man in seinen Freiheiten eingeschränkt ist, wenn man Kinder hat. Und wie schwer es ist, sich neu zu erfinden; jenseits der vierzig schon, jenseits der fünfzig nur noch durch eine Trennung – aber jenseits der sechzig? Wer trennt sich denn mit sechzig, wenn er nicht einsam im Alter dahinsiechen will?«

Das Wort Trennung hatte die Mienen seiner Kinder erstarren lassen. Aber Pascal nahm nun erst richtig Fahrt auf.

»Ich habe mich abgerackert, mein ganzes Leben lang. Bin jeden Morgen in die Klinik gegangen und habe mich aufgeopfert in der Hoffnung, im Alter mit Mama hier zu sitzen und aus dem Fenster auf die Berge zu schauen und mit ihr glücklich zu sein.« Er sah Dora kurz an. »Und Mama hat jeden Tag in der Schule gearbeitet, bis vor vier Jahren, und nun wollten wir neu anfangen, ein neues gemeinsames Leben, und Mama wollte endlich reisen, und ich wollte mit ihr zusammen sein oder auch nur zu Hause – ich wusste es ja selbst nicht … jedenfalls …«

»Du bist krank.« Cleo begann zu weinen. Und Pascal wurde so eng ums Herz, dass er kurz schlucken musste. Er sah sofort wieder das kleine Mädchen vor sich, das in seinem Kinderbett unterm Dach gelegen und vor Angst geweint hatte, weil es draußen gewitterte. Und er hatte sie getröstet, hatte seine Hand auf ihren Bauch gelegt und sie gehalten, damit sie sich beruhigte, seine Pranke so groß wie ihr ganzer Oberkörper, und gleich darauf waren ihre Tränen versiegt, und sie war sofort friedlich und tief eingeschlafen. Er liebte seine Tochter so sehr, und jetzt ihre Tränen zu sehen, das brach ihm das Herz. »Du bist krank – und das sagst du uns jetzt. Du wirst sterben. Oder, Papa? Ist es nicht so?«

Er spürte den Kloß im Hals und schluckte die Anspannung herunter, versuchte es zumindest. Dann sagte er leise: »Ich werde sterben – aber nicht heute und auch nicht in den nächsten zehn Jahren, so Gott will. Aber …«, er atmete tief durch, dann nahm er noch einen großen Schluck, »… aber ich habe auch keine Lust mehr, so weiterzumachen, als wäre ich schon tot.«

»Was heißt das denn?« Wieder Cleo, die seine Worte sezierte und versuchte zu verstehen, worauf ihr Vater hinauswollte.

»Was hast du gerade gesagt?«, fragte er Cord, der irgendetwas vor sich hin gemurmelt hatte. »Du hast gesagt: *Papa will bestimmt nur nach Norderney*. Oder? Ist es nicht so?«

Cord nickte.

»Und, Cleo, was sagst du bei jeder sich bietenden Gelegenheit?«

Seine Tochter rieb sich die Stirn und antwortet heiser: »Dass Mama dann ja endlich mal auf Reisen gehen und sich einen Kurschatten anlachen kann, während du zu Hause die Rosen verschneidest.«

»Seht ihr? Das höre ich mir jetzt seit Jahren an. Der langweilige Papa – der gute alte Opa. Und ihr habt ja recht. Ich habe für euch und meine Arbeit gelebt und gedacht, ich bräuchte nicht mehr und die Welt würde mich nicht interessieren. Aber ihr habt euch getäuscht. Und ich habe mich auch getäuscht.«

»Was ist los, Papa?« Jetzt hatte sogar Christoph endgültig seine Lektüre weggelegt.

»Mama und ich ... Wir haben uns getrennt. Also ...«

Er suchte Elisabeths Blick, die ihn sanft ansah, dann nickte sie mit einem leichten Lächeln. *Schon gut*, verstand er, *jetzt gibt es eh kein Zurück mehr.* Sie ging um die Couch herum und setzte sich neben ihn. Dann griff sie nach seiner Hand und legte ihre darauf.

»... Also, ich habe mich von Elisabeth getrennt.«

»Wie bitte?«, entfuhr es Cleo, und Gesine murmelte deutlich hörbar: »Na, jetzt schlägt's dreizehn.«

»Seitdem ich in Rente bin, habe ich mich gefragt: Und das soll es jetzt gewesen sein? Ich war manchmal auf Reisen, Dienstreisen, das wisst ihr, mal in Essen, mal in Jülich und vielleicht mal im Osten, in Bitterfeld, nach der Wende – und das war es. Mama wollte immer nach Indien oder nach Thailand, aber ich habe gesagt: Nein, das geht nicht, die Kinder, die Hitze, die Impfungen, keine Ahnung. Dabei hatte ich einfach Angst. Ich wollte das Unbekannte nicht, ich habe es immer gefürchtet. So wie ich mit euch auch nie Achterbahn gefahren bin – für all das verrückte Zeug war immer Mama verantwortlich.« Pascal musste sich räuspern. Doch weil alle schwiegen und ihn anstarrten, hatte er gar keine andere Wahl, als weiterzusprechen. »Und damit ist jetzt ein für alle Mal Schluss.«

»Das heißt, du bist nicht krank? Du hast nicht Krebs oder so?« Cleo war immer noch vorsichtig, so als könnte sie es nicht glauben.

»Ich bin kerngesund, sagt Dr. Müller, und damit hängt auch zusammen, dass mich seit langem eine Angst nicht loslässt. Nämlich dass ich in Rente gehe – und einen Tag später auf dem Rasen zusammenbreche, und das war es dann. Ein Leben nur für die Arbeit. Da mein Herz aber gesund ist, habe ich mich entschieden ...« Pascal hielt inne. »Ich habe mich entschieden, dass ich eine Weltreise mache. Morgen Abend geht der Flieger, und zwar von Zürich über Singapur nach Port Moresby.«

»Wohin?« Cleos Stimme klang schrill.

»Port Moresby«, erwiderte Christoph kühl, »das ist die Hauptstadt von Papua-Neuguinea.«

»Du fliegst um die Welt?«

»Ja.« Pascal nickte mit einem so ernsten Gesicht, als hätte er eben ein Urteil über sich selbst gesprochen. »Ich möchte hellblaue Lagunen sehen und darin baden. Ich möchte den Menschen dort begegnen und mich mit Händen und Füßen verständigen. Ich möchte etwas Typisches essen – und davon drei Tage Bauchschmerzen haben. Versteht ihr das? Ich möchte endlich einmal was erleben, was ich nicht Monate vorher geplant habe und zigmal durchgegangen bin. Von Papua-Neuguinea möchte ich weiter nach Australien, und da bleibe ich eine Weile. Ich habe ein Visum für hundert Tage. Ob ich dann nach Osten oder nach Westen weiterreise, weiß ich noch nicht. Ich habe keinen Rückflug gebucht.«

»Und du reist mit nur einem Koffer?« Nun war es Cord, der ungläubig klang.

»Ja, ich will mit leichtem Gepäck reisen, weil ich nicht weiß, wie ich dann unterwegs sein werde. Ich hatte sogar ...«, er musste lachen, »in so einem Outdoorladen einen Rucksack ausprobiert, für so junge Leute – aber das kam mir dann doch unpassend vor.«

»Und Mama?« Christoph klang wütend, so als hätte sich die Frage zu lange aufgestaut und müsste jetzt endlich ausgesprochen werden. Doch Pascal kam nicht zum Antworten.

»Opa geht weg?«, rief nämlich auf einmal Mats ganz laut und ließ nun seinen Hamster aus den Augen, um zu seinem Opa zu laufen. Der Kleine hielt ihn ganz fest. Er streichelte seinem Enkel über den Kopf. Aber er konnte auch Ronjas Blick sehen – und in diesem lag echter Stolz. Er spürte, wie sich sein Atem langsam beruhigte.

»Was ist denn nun mit dir, Mama?«, fragte Christoph ungeduldig.

Elisabeth drückte Pascals Hand ein letztes Mal ganz fest, dann stand sie auf und ging ein paar Schritte durch den Raum.

»Ich bleibe hier«, sagte sie, und ihre Stimme war so ruhig, als würde sie die Menüfolge des Abends wiedergeben. »Ich bleibe hier – und werde die Rosen verschneiden, hier im Wallis. So lange, bis Pascal wiederkommt. Und dann … werden wir sehen, wer von uns wo leben wird. Und was wir mit dem Haus in Deutschland machen.«

»Was soll das heißen?« Cord fuhr auf. »Du bleibst allein in der Schweiz?«

»Nein. Das habe ich nicht gesagt.« Sie ging noch drei Schritte, dann blieb sie neben Frau Dr. Burgener stehen und griff nach deren Hand. »Dora und ich … wir … Wir werden zusammenleben.«

Alle Blicke waren jetzt auf Elisabeth gerichtet und auf die Frau, die sie alle ganz vergessen zu haben schienen. Und dann blickten ihre Kinder auch wieder zu Pascal. Doch bevor jemand etwas sagen konnte, fuhr Elisabeth fort. Dabei streichelte sie die Hand der Tierärztin.

»Pascals Entscheidung stand zuerst. Er war unruhig und unzufrieden, viele Jahre schon. Und ich habe ihn immer getriezt. Er solle doch mal in Bewegung kommen und sich aufraffen. Aber er wollte einfach nicht. Bis ich dann nichts mehr gesagt habe. Und eines Tages hat er mir eröffnet, dass er um die Welt reisen will – und zwar allein.« Sie schluckte, als würde sie diesen Augenblick gerade noch einmal erleben. »Er hat gesagt, dass er es nicht mit mir zusammen machen könne – weil ich schon seit unserer Hochzeit unser gemeinsames Leben organisiert hätte. Und es dann meine Reise werden würde und nicht seine. Ich habe erst widersprochen, aber dann habe ich nachts wach gelegen, viele Nächte – und musste mir eingestehen, dass er recht hatte. Und deshalb habe ich überlegt, was ich tue, wenn er weg ist.« Sie blickte Pascal an, dann wieder der Reihe nach ihre Kinder. »Er konnte mir nicht sagen, wie lange er wegbleiben will – und ich wollte ihn nicht unter Druck setzen. Ich habe überlegt, ob ich auch verreise. Aber ich wollte es nicht allein tun. Und schließlich habe ich entschieden, dass ich hierherkomme. Das war vor drei Monaten, im Herbst. Ich habe das Haus auf Vordermann gebracht, ganz alleine. Abends war ich immer im Gasthof St. Georg. Und da habe ich Dora kennengelernt.« Elisabeth schaute sie mit einem zärtlichen Seitenblick an, den die Ärztin erwiderte. »Wir haben uns über unsere Ehen unterhalten, ich habe von Pascal und seiner Reise erzählt, von seiner Unzufriedenheit. Und auch von meiner, denn ich war schon lange nicht mehr wirklich glücklich. Ich wollte mich nicht trennen, nie, ich liebe euren Vater – aber so wie bisher konnte es auch nicht weitergehen. Ich wollte meinem Leben ein neues Kapitel hinzufügen.« Sie war von Satz zu Satz erregter geworden, so als hätte die neue Lebendigkeit schon von ihr Besitz ergriffen, und nun hob sie noch einmal an. »Als ich an einem Abend aus dem Gasthof nach Hause gegangen bin, hatte ich auf einmal so ein Bauchkribbeln. Und – ich weiß es noch ganz genau – gerade als ich am Friedhof vorbeigelaufen bin, wurde mir vieles klar. Ich dachte: Das kann doch nicht sein, dass ich mich jetzt wirklich in unsere Gespräche verliebe – aber ja, doch, ich liebe unsere Gespräche, unseren Austausch, und ich liebe es, in Doras Nähe zu sein. Und so ist es dann passiert, dass …« Sie brach ab, weil sie spürte, dass sie den Ausgang der Geschichte lieber für sich behalten sollte. Ihre Jungs sahen sie schon an, als wäre sie verrückt geworden.

»Bevor ihr jetzt fragt«, sagte Pascal klar und deutlich, als er spürte, dass Elisabeth wirklich geendet hatte, »Mama hat mir schon im Herbst erzählt, dass es da jemanden gibt – und das war im ersten Moment natürlich ein Schock. Ich wollte ja mit meiner Reise nicht gleich unsere Ehe beenden, wusste aber auch, dass wir beide eigentlich seit langem nicht mehr wirklich glücklich miteinander waren und an einer Vorstellung festgehalten haben, die sich nicht erfüllen ließ. Aber ich hätte mir auch Sorgen gemacht, wenn Mama ganz alleine hiergeblieben wäre. Und dann habe ich Dora kennengelernt – und danach hatte ich gar keine Sorgen mehr.«

Dora ließ nun die Hand von Elisabeth los, bevor sie leise sagte: »Entschuldigt bitte, ich freue mich natürlich sehr, euch alle kennenzulernen – obwohl ich nicht gedacht hätte, dass das heute Abend schon passiert. Jedenfalls: Ich bin Dora.«

Heilige Nacht, 23.40 Uhr

»Ich weiß nicht, was ich sagen soll«, begann Cleo, »weil ich hier gerade durch das größte Wechselbad der Gefühle wate – erst denke ich, mein Hund wird gleich aufgeschnitten, dann denke ich, Papa stirbt, und nun ist Mama lesbisch, und Papa reist in den Dschungel.« Sie schlug sich gegen die Stirn. »Okay, geht gleich wieder. Aber …« Sie hielt den Atem an, »weil das jetzt hier alles sowieso schon komplett wild ist und weil es Grinch gut geht und meine Eltern zwar verrückt geworden, aber doch irgendwie glücklich sind, kann ich es euch ja sagen, auch wenn ich es selbst noch gar nicht glauben kann: Jedenfalls – jedenfalls war ich ja gerade oben im Bad, als ich den Hamster im Wäschekorb gefunden habe, und … und dann bin ich noch mal hoch, als ich die Koffer gefunden habe, aber eigentlich war ich da oben, weil …«

»Ist das jetzt dein Ernst, Cleo?«, fragte Christoph, »willst du uns jetzt wirklich wie früher als Kind deine Klogeschichten erzählen?«

»Sei still«, sagte Elisabeth leise drohend, weil sie spürte, dass Cleo etwas Wichtiges zu sagen hatte. Cleo fing sich schnell und fuhr fort:

»Na ja, ich war so aufgeregt wegen des Hundes und so – und auch, weil ich schon seit zwei Wochen überfällig bin –, und ich hatte auf der Herfahrt in der Drogerie noch einen Test gekauft – na ja, als ich da draufgepieselt habe, hat es im Wäschekorb geraschelt, und dann habe ich mich gewundert und nachgesehen, und dann war da Willi, und dann hab ich gar nicht auf den Test geschaut und bin runter, und – und dann bin ich nach dem ganzen Tohuwabohu wieder hoch, und dann …«, sie zog das Stäbchen aus der hinteren Hosentasche und hielt es hoch: »Ich bin schwanger.«

»Cleo!«, rief Elisabeth, und Pascal spürte, wie ihm die Tränen kamen, er konnte nichts dagegen tun. Seine Tochter sah dann auch noch ausgerechnet ihn zuerst an, aber sogleich hob sie warnend den Finger: »Vergiss es, Papa. Du weißt, wie sehr ich das wollte – und mir immer gewünscht habe –, aber du wirst jetzt nicht auf die Idee kommen, deine Reise abzusagen, verstanden? Ich kriege das sehr gut hin.«

»*Du?*« Samy umarmte sie und hob sie dann in die Luft. »Du? Nee, wir.«

»Du hast recht. Wir.«

Sie gab ihm einen Kuss. »Ey, da muss ich erst so viele Frösche küssen, und dann kommt ausgerechnet der Typ, der mir schon mit achtzehn ein Kind anhängen wollte – und nun …«

Sie lachte laut und weinte zugleich. Elisabeth und Pascal umringten sie und nahmen ihre Tochter nacheinander und dann zusammen in den Arm. »Das ist so schön«, flüsterte Elisabeth, »ich gratuliere dir.« Cleo schob sie weg, dann blickte sie ihrer Mutter fest in die Augen.

»Es ist nicht zu glauben, oder? Dass es jetzt wirklich passiert – nach all den Jahren …«

»Ja, es ist ein Wunder, mein Schatz.«

»Ein Weihnachtswunder«, sagte Pascal leise.

»Radio Rottu im Oberwallis, wir sind zurück, auch in den Gemeinden Fiesch und Ernen, wie wir hören, denn der Strom ist wieder da, die Gemeindeverwaltung hat schnell reagiert, herzlichen Dank und frohe Weihnachten Ihnen allen. Es ist kurz vor Mitternacht, die Sternstunde der Heiligen Nacht – und es gibt auch von der Wetterfront gute Nachrichten, der Schneefall hat eben aufgehört; gut möglich, dass sich die Räumfahrzeuge ab den frühen Morgenstunden einen Weg bahnen können. Und bis dahin wünschen wir Ihnen eine gute Nacht mit einem der schönsten Weihnachtslieder, die es gibt. Hier sind die Pogues mit ›Fairytale of New York‹.«

Heilige Nacht, kurz vor Mitternacht

Einen Augenblick saßen sie alle da, nur das Licht, das wie von Zauberhand angegangen war, hatte Elisabeth schnell ausgeschaltet, aber das Radio ließ sie laufen. Das Fenster war immer noch zugeschneit, und so lauschten sie, neben dem knisternden Kamin sitzend, den Glocken im Lied der Iren, der Liebeserklärung an eine Stadt, so weit weg, einer Frau, so verzweifelt, dachten an ein richtiges Leben im falschen. Der Song hatte gar nichts mit ihnen zu tun und ging ihnen an diesem Abend doch so nahe. Nicht nur Cleo weinte, auch Cords Augen wurden feucht, und Elisabeth saß neben Dora, und sie hielten einander an den Händen.

Als die letzten Töne verklungen waren, stand Pascal auf und ging in die Küche. Minuten später kam er mit zwei Flaschen Champagner wieder, dann brachte er auf einem Tablett die Gläser. Für die Kinder hatte er wie in alten Zeiten Kindersekt da, den Gesine auf Grund des hohen Zuckergehaltes natürlich ablehnte.

Doch Gesine war nicht mehr im Wohnzimmer, als er wiederkam. Sicher war sie auf den Schreck heimlich eine Zigarette rauchen gegangen – jeder wusste, dass sie immer eine Packung dabeihatte, auch wenn sie es auf Gedeih und Verderb abgestritten hätte.

»Na endlich«, sagte Cord und grinste, »hau raus, das gute Zeug, Papa. Wer weiß, wann du wiederkommst.«

»Ich hätte nicht gedacht, dass ich das in meinem Leben jemals sagen würde – aber jetzt kann ich: Nicht für mich bitte, ich bin schwanger.« Alle mussten lachen – und Cleo lachte am lautesten, obwohl ihre Augen auch ein wenig feucht waren. Samy nahm sie wieder in den Arm.

Diesmal ließ Pascal den Korken ein wenig lauter aus der Flasche, es gab ein vernehmbares *Plopp*, dann schenkte er ihnen allen ein, bevor er den Kindern und Cleo Kindersekt eingoss. Beim ersten Schluck verzog Ronja das Gesicht. »Boah, ist das süß.« Mats hingegen trank sein Glas in einem Zug aus. Die Erwachsenen stellten sich im Kreis auf und erhoben ihre Gläser. Es klirrte, ein lautes, zusammenhängendes Klirren, als sie alle miteinander anstießen.

»Auf dich, Cleo«, sagte Pascal.

»Nein, auf dich, Papa, und auf deine Reise«, erwiderte Cleo.

»Auf Elisabeth und auf Dora«, sagte Pascal nun, der auf keinen Fall im Mittelpunkt stehen wollte.

»Auf die ganze Familie«, sagte Elisabeth, und nun wiederholten alle: »Auf die ganze Familie.«

Es war ein kitschiger Moment, dachte Pascal bei sich, während er den ersten Schluck nahm, so ein Augenblick, den er früher nur Leuten zugestanden hätte, die pathetisch veranlagt waren – aber heute passte alles irgendwie, musste er zugeben.

»Wartet mal«, sagte er, »wir haben noch jemanden vergessen.«

Er goss das einzige leere Glas auf dem Tablett voll, dann sagte er zu Christoph: »Mensch, du kümmerst dich aber gut um deine Frau.« Da erst fiel Christoph wohl auf, dass Gesine fehlte. Pascal klopfte ihm auf die Schulter. »Ich geh mal raus zu ihr.«

Dann griff er sich seine Jacke, die schon für den Weg zum Flughafen bereithing, öffnete die Tür und trat hinaus in die nächtliche Kälte. Doch es war gar nicht so dunkel. Der Schnee ließ das ganze Tal leuchten, und auch die Wolken hatten sich fast verzogen, sodass sogar einige Sterne zu sehen waren. Pascal legte den Kopf in den Nacken und nahm das Leuchten da oben wahr, all diese kleinen funkelnden Lichter, die glitzerten, als hätten sie sich für die Heilige Nacht besonders zurechtgemacht. Er fragte sich, ob es auf der Südhalbkugel wirklich mehr Sterne zu sehen gab als hier. Er würde es herausfinden.

»Störe ich?« Pascal trat zu Gesine, die im Windschatten des Hauses mit Blick aufs Tal stand und gerade ihre Kippe in den Schnee warf.

»Nee«, murmelte sie.

»Hier.« Er gab ihr das gefüllte Champagnerglas, dann hielt er ihr seines hin, und sie stießen an.

»Danke«, sagte sie leise und klang auf einmal gar nicht mehr so unhöflich.

»Gibst du mir auch eine?«

Verwundert blickte sie ihn an, doch dann zog sie ihre Packung aus der Tasche, klopfte ihm eine Zigarette raus, reichte ihm das Feuerzeug.

»Aber rauchen kann ich alleine«, murmelte er den alten Spruch, den sie, als er jung war, immer auf dem Schulhof gesagt hatten, wenn sich jemand durchschnorrte. Gesine grinste. »Na, dann ist ja gut.« Sie zündete sich auch eine Zigarette an, dann rauchten sie einen Moment lang schweigend.

»Was du da vorhast«, Gesine räusperte sich, »das ist sehr mutig. Ich weiß immer noch nicht, was ich dazu sagen soll.« Sie strich sich die Haare aus dem Gesicht. »Deshalb musste ich erst mal kurz raus. Ich … Ich wünschte, ich wäre auch so mutig.«

Pascal zögerte. Er hatte sie noch nie so offen sprechen hören. Sie wirkte auf einmal ganz anders. Nahbar, verletzlich. Aber auch tieftraurig.

»Weißt du, Gesine«, sagte er leise, »ich bin ja auch viel älter als du. Sieh, wie lange ich gewartet habe, bis ich den Mut fand. Sozusagen auf den letzten Drücker. Du hast noch so viel Zeit.«

»Ich weiß nicht«, antwortete sie. »Ich habe das ja bei meiner Mutter gesehen. Sie hat ihre Träume ständig aufgeschoben. Später, später hat sie immer gesagt. Aber dann fehlte auf einmal das Geld, als sie ihren Job verlor und finanziell gar nichts mehr drin war. Und gerade als es dann ein bisschen besser wurde, sie einen neuen Job gefunden und ein bisschen gespart hatte, da wurde sie so krank, dass sie nicht mehr reisen konnte, Herrgott, sie konnte nicht mal mehr ins Restaurant gehen. Sie konnte gar nichts mehr. Und dann saß sie vor mir und sagte: *Ich bin hier in meiner Wohnung, und ich sehe die Sachen um mich herum, die Bücher, die Möbel – und denke: Das ist alles, was von mir bleibt? Und was habe ich? Nur unerfüllte Träume.* Ich habe meine Mutter nie so aufrichtig reden hören, sie war immer sehr kühl und sehr überlegt – und ich habe sie auch nie weinen sehen. Bis zu diesem Moment. Das hat mir … Das hat mir echt das Herz gebrochen.«

Pascal nahm einen tiefen Zug, er spürte Gesines Worten nach. Sie hob das Glas und trank einen Schluck Champagner, das Glas war schon beschlagen vor Kälte.

»Deshalb bin ich so.« Ein Satz wie ein Knall. Wie eine Erkenntnis.

»Heute, als du mich beobachtet hast, wie ich im Auto sitzen geblieben bin, weil ich so Kopfschmerzen hatte, erinnerst du dich?«

Pascal nickte.

»Wir hatten die Fahrt über kein Wort miteinander gewechselt. Christoph und ich, meine ich. Mats hat natürlich hinten im Auto die ganze Zeit mit Willi geplappert. Wahrscheinlich liebt er den Hamster so, weil er der Einzige ist, der mit ihm kommuniziert und ihm ungeteilte Aufmerksamkeit schenkt. Na ja, ich habe jedenfalls gesehen, wie du mich angeschaut hast. Und ich habe wiederum euch angeschaut. Elisabeth und dich. Und habe mir gedacht: Warum hatte Mama das nicht? So ein glückliches Leben wie ihr. Diese bedingungslose Liebe. Das, was ihr habt, hätte ich ihr auch so gewünscht. Oder zumindest das, von dem ich dachte, dass ihr es habt.«

Sie wischte sich über das Gesicht, doch Pascal konnte nicht sagen, ob es eine Träne der Rührung war oder der Traurigkeit oder einfach nur von der Kälte kam.

»Und dann bin ich gleichzeitig neidisch gewesen, so neidisch – und ich hasse das Gefühl, weil ich es leider so gut kenne. Nicht nur neidisch auf euch wegen meiner Mutter, sondern auch meinetwegen. Warum habe ich nicht eine so gute Ehe, habe ich mich gefragt, obwohl wir uns bei weitem nicht so lange kennen wie ihr euch. Aber ich habe mir die Antwort auch gleich selbst gegeben: Ich habe nicht so ein großes Glück wie ihr, eine so tiefe Liebe – weil ich einfach eine unausstehliche Kuh bin. Ich bin selbst schuld. So ist es doch.« Sie warf die Zigarette weg, an der sie nicht einmal gezogen hatte. »Ihr habt euch noch so viel zu sagen. Ihr seid einander so nah. Ich kann das richtig körperlich spüren. Ich wusste das ja nicht, was ihr uns eben gesagt habt – aber selbst in so einem Moment seid ihr gut und respektvoll miteinander. Wahrscheinlich seid ihr euch noch näher, wenn du auf Weltreise bist, als Christoph und ich uns, obwohl wir nebeneinander im Bett liegen.« Sie lachte verbittert.

Er berührte sie sanft an der Schulter, und sie ließ es geschehen.

»Weißt du, es ist jedes Mal eine Qual für mich hierherzukommen, in diese Familie – und zu sehen, wie ihr miteinander umgeht. Wie ihr miteinander redet und eure Geheimnisse teilt, wie ihr miteinander kocht und esst und Gesellschaftsspiele spielt. Hier taut sogar Christoph manchmal auf, er redet, er lacht sogar, es tut einfach so gut, das zu sehen – und ist gleichzeitig so schmerzhaft –, weil ich mir selbst nichts sehnlicher gewünscht habe. Und gleichzeitig bin ich so furchtbar zu allen, dass ausgeschlossen ist, dass ich das jemals erleben werde.«

»Aber …«, Pascal wog seine Worte vorsichtig ab, »aber warum ist das denn so … Ich meine …«

Er verzog das Gesicht, doch Gesine nickte ihm aufmunternd zu. »Du, keine falsche Scheu. Auch wenn du es nicht glauben kannst, ich werde dir nicht die Augen auskratzen – ich weiß selbst, wie ich bin –, also, nun sag schon.«

»Warum kannst du nicht ein bisschen netter sein? Wir haben dich aufgenommen, vor … vor acht Jahren, oder? Was haben wir denn damals falsch gemacht, dass du nicht einfach bei uns ankommen konntest?«

»Ihr habt gar nichts falsch gemacht. Ich kenne es nur einfach nicht, Teil einer liebevollen Familie zu sein. Ich konnte damit nicht umgehen. Vielleicht…«, sie überlegte, »vielleicht schieße ich mich immer wieder selbst ins Abseits, weil es der Ort ist, den ich am besten kenne.«

Sie hatte wieder feuchte Augen bekommen. »Dabei würde ich am liebsten mit euch allen am Kamin sitzen und quatschen. Ich mag euch nämlich wirklich gern.«

»Und Christoph?« Pascals Stimme war die des schützenden Vaters, prüfend, vorsichtig.

Sie nickte wieder. »Ich weiß, von außen sieht es so aus, als würden wir eine lieblose Ehe führen. Aber es ist nicht so. Ich liebe ihn sehr, auch wenn ich ihm das nicht so sagen würde, wie ich es jetzt dir sage – ich habe überhaupt seit Jahren nicht mehr so offen geredet. Keine Ahnung, was dieser Abend mit euch in mir ausgelöst hat. Wie eine …«, sie wies grinsend auf die Berge, »wie eine Lawine ist das. Na ja, aber ich bin mir auch sehr sicher, dass er mich ebenfalls liebt und wir auf unsere Weise eigentlich gut miteinander klarkommen. Ich meine, du weißt ja auch, dass Christoph mit seiner stillen und kühlen Art ganz anders ist als ihr …«

»Doch«, sagte Pascal leise.

»Was meinst du?« Sie bot ihm noch eine Zigarette an, die er dankend annahm. Das Feuerzeug glomm zweimal auf, dann zogen wieder kleine Rauchwölkchen in die kalte Luft.

»Ich war genauso, als ich so alt war wie er. Ich lebte nur für die Arbeit und habe Elisabeth zwar sehr gern gehabt, aber sie war die Einzige, die ihre Gefühle artikulieren konnte. Ich habe das alles von ihr gelernt. Und natürlich von den Kindern, als sie größer waren, als Mats es jetzt ist. Du wirst sehen, Mats wird das einfordern.«

»Na, das lässt mich hoffen. Aber nicht dass Christoph dann, wenn er in Rente geht, alleine eine Weltreise machen will.«

»Und wenn schon – dann suchst du dir eben eine sinnliche Tierärztin.«

Nun mussten beide lachen.

»Im Ernst, Pascal, ist das in Ordnung für dich? Dass Elisabeth nun eine Freundin hat?«

»Weißt du, Gesine, wir sind so lange zusammen, ich will einfach wirklich nur, dass es ihr gut geht und sie glücklich ist. Und ich möchte sie auf keinen Fall verlieren. Und das werde ich nicht – egal ob wir nun noch ein Bett teilen oder nicht. In Düsseldorf hat schon längst jeder von uns ein eigenes

Schlafzimmer, weil ich so schnarche. In unserem Alter – na ja, vielleicht gibt es Paare, die noch richtig Liebe machen, aber wir … Nein, es ist in Ordnung so, wie es jetzt ist. Und vielleicht begegnet mir ja unterwegs eine Mittsechzigerin mit einem Weltreiserucksack, und dann laufe ich bald Hand in Hand mit ihr in Sydney an der Oper entlang …« Seine Stimme stockte. »Es ist merkwürdig. Früher hätte ich so etwas nicht mal zu träumen gewagt. Es schien mir unvorstellbar. Und jetzt ist es möglich. Morgen früh geht es …« Er hielt inne. »Sag mal, siehst du da unten auch jemanden?«

»Was meinst du?«

»Da unten. Da bewegt sich doch was.« Er wies auf den Schneeberg, der zwischen ihnen und dem Dorf lag. Und tatsächlich: Da war eine Gestalt, die sich den Weg durch den Schnee nach oben bahnte.

»Wer ist das?« Gesine kniff die Augen zusammen.

»Die Bergwacht?« Pascal hatte wirklich keine Ahnung. Er sah auf seine Armbanduhr, dann auf die Turmuhr. Eine Minute vor zwölf.

»Nein, das sieht aus wie eine Frau. Schau mal, sie hat einen Mantel an, einen schicken, ist das …«

»Sylvie«, sagte Pascal leise. Sie setzten sich in Bewegung und gingen der Gestalt entgegen, die mühsam, aber doch stetig den Berg erklomm. Bei jedem Schritt sanken ihre Füße tief ein, sodass sie sie immer wieder vom Schnee befreien musste. Ihre Beine müssen eiskalt sein, dachte Pascal. Es dauerte noch ein paar Minuten, und gerade begann die Glocke der Dorfkirche zu schlagen, zwölf Mal, da standen sie voreinander.

»Sylvie«, sagten Pascal und Gesine im Chor.

»Oh Mann«, stöhnte die junge Frau, »ich dachte schon, ich würde unterwegs erfrieren und nie wieder eine Menschenseele zu Gesicht bekommen.« Sie fiel erst Gesine in die

Arme, dann auch Pascal. Sie war tatsächlich so kalt, dass er sich ernsthaft Sorgen machte. »*Joyeux Noël*, ihr Lieben.«

»Wo kommst du her?«

»Ich …« Sie ließ den Blick sinken. »Hat er es euch erzählt?«

»Nur Bruchstücke«, sagte Pascal und verzieh sich diese kleine Lüge selbst sofort.

»Ich … Ich war in Genf und dachte, ich würde es aushalten – ich würde diese Bestrafung hinnehmen, ich musste es einfach. Aber dann … Als ich hörte, dass hier im Tal so viel Schnee fällt, da habe ich mir erst Sorgen gemacht, und dann habe ich gedacht: Nein, so geht das nicht, ich kann nicht ohne meine Familie sein. Es ist Weihnachten. Da müssen wir einander verzeihen. Und Cord und ich, wir haben uns sehr viel zu verzeihen. Und ich wollte mit den Kindern morgen Schlitten fahren, mit Thea zum ersten Mal, ich wollte Fotos – und … Na ja, jedenfalls bin ich sofort in den Zug gestiegen und so weit gefahren, wie es ging, bis nach Visp, aber dann war Schluss, die Straßen sind alle dicht. Ich bin zu einem Betriebshof gelaufen, da war es schon nach acht, und dann habe ich den Fahrer eines Schneepfluges überredet, mich mitzunehmen. Der hat mich dann tatsächlich durch die Schneemassen bis nach Fiesch gebracht, es hat ewig gedauert. Aber dann musste er auf der Kantonsstraße weiterfahren. Und den Rest …«

Pascal sah sie schockiert an. »Du bist den Rest gelaufen, bei diesem Wetter?«

Sie nickte. »Doch. Es ist mein Büßergang. Siehst du? Und ich lebe noch. Sagt schon, ist er drin? Wird er …«, sie sah ihn ernst an, »wird er mir den Kopf abreißen? Ihr habt doch bestimmt ganz friedlich Weihnachten gefeiert, und jetzt bringe ich hier alles durcheinander.«

Pascal legte seinen Kopf schief. »Weißt du, Sylvie, heute war hier alles etwas anders als sonst – und deine Ankunft in tiefer Nacht ist zwar auch etwas Besonderes, reiht sich aber ein in eine Kette von sehr vielen unerhörten Ereignissen – deshalb glaube ich, dass Cord bestimmt …« Er brach ab und wies nach drinnen. »Nun geh schon, geh zu deinem Mann.«

Sie reckte sich auf die Zehenspitzen und gab Pascal einen Kuss auf die Wange. »Ich danke dir. Nein, ich danke euch. Gesine, wirklich, es ist so schön, dich zu sehen. Ich … Ich wollte mich das ganze Jahr melden. Wir müssen unbedingt einmal telefonieren. Ich hab mich letztes Jahr so gut mit dir unterhalten.«

Dann wandte sie sich um und ließ die beiden stehen, um zum Haus zu stapfen.

»Wollen wir?«, fragte Gesine.

»Das werde ich mir nicht entgehen lassen«, entgegnete Pascal.

Erster Weihnachtstag, 0.07 Uhr

Pascal ließ Sylvie und Gesine eintreten, und die Hitze des Wohnzimmers schlug ihnen schon im Flur entgegen. Drinnen war Stimmengewirr zu vernehmen. Pascal sah, wie sich Sylvie noch einen Augenblick hinter der Tür aufhielt, als müsste sie sich sammeln, dann trat sie ein.

Cords Augen weiteten sich, als er seine Frau sah. Vielleicht war da ein leises »Ja, Himmel …« zu hören, aber Pascal hätte es aus der Entfernung nicht beschwören können.

Alle Gesichter hatten sich zur Tür gewandt – es wirkte wie ein Tribunal rund um den Weihnachtsbaum, das Sylvie erwartete. Cord ging einen Schritt auf sie zu, doch dann blieb er abrupt stehen, vielleicht einen Meter von ihr entfernt, zu weit, als dass Sylvie ihn hätte berühren können, flehentlich blickte sie Cord an, doch der sah sie starr und ungerührt an.

»*Chéri*«, sagte sie laut und deutlich, und ihr Akzent kam nun noch stärker durch, »*chéri*, ich … Ich bin so eine blöde Kuh gewesen.« Ihre Unterlippe bebte, und Pascal fürchtete einen Augenblick, dass diese junge, starke Frau gleich anfangen würde zu weinen, aber dann sah er, wie sie ihre Schultern straffte und fortfuhr: »Ich habe seit eurer Abfahrt nur am Fenster gesessen und rausgeschaut. Überall sah ich Häuser, in denen Licht brannte, und ich habe mir vorgestellt, wie dort Weihnachten gefeiert wird und wie die Kinder lachen und wie …« Sie brach kurz ab. Pascal sah, wie sich Elisabeth eine Träne wegwischte und Dora sie bei der Hand nahm.

»Zu wissen, dass ich alles kaputt gemacht haben könnte, das hat *mich* kaputt gemacht. Und das Schlimmste daran: Ich wollte dir den Schwarzen Peter unterschieben. Dich entscheiden lassen, damit ich wieder frei bin – es dir überlassen, wie es mit uns weitergeht. Weil ich überzeugt war, dass du dich niemals gegen mich entscheiden würdest. Verstehst du?« Cord sah sie an, sagte aber nichts. »Ich hätte es einfach gar nicht erzählen sollen. Es war nichts, es hat gar nichts bedeutet. Ein betrunkener Kuss in einer Ecke, ein Typ, der nach Alkohol stank, so wie ich nach Alkohol stank. *Mon Dieu*, wer misst dem denn schon Bedeutung bei? Aber als ich dann in jener Nacht nach der Feier wieder neben dir lag, da hat es mich so gequält. Und ich wusste, dass ich mit dieser Lüge nicht leben kann. Also habe ich es dir gesagt, weil du so ein guter und gütiger Mann bist, der mit allem umgehen kann, das dachte ich zumindest. Weil du immer mit allem umgehen konntest, mit all meinen Fehlern. Aber Betrug ist etwas anderes. Und ich wollte, indem ich es dir erzähle, mir selbst die Last nehmen und sie dir auferlegen, dich entscheiden lassen, was nun geschehen solle. Was sollte meine Strafe sein? Ein Jahr den Abwasch machen? Nie wieder auf eine Firmenweihnachtsfeier gehen? Ein Jahr lang jeden Abend deutsche Kartoffeln essen? Ich hätte alles akzeptiert. Aber dass du einfach aufstehst, vier Tage lang nicht mehr mit mir sprichst und dann am Morgen die Kinder ins Auto packst und mich zurücklässt – damit habe ich nicht gerechnet. Auch … Auch wenn es wahrscheinlich das Einzige war, was du tun konntest, weil ich dich so verletzt habe.« Sie streckte die Hände nach ihm aus, doch er blieb immer noch stehen, als wäre er mit dem alten Holzfußboden verwachsen. Also ließ sie ihre Hände wieder sinken, und in ihrem Gesicht stand nun die pure Verzweiflung. »Irgendwann war es selbst in unserer Straße ganz ruhig, es waren keine Autos mehr unterwegs, und ich malte mir aus, wie all die Familien Bescherung machten und die Kinder sich freuten und mit ihren neuen Spielsachen spielten – ich musste mir andere Kinder bei der Bescherung vorstellen, weil ich mir nicht vorstellen konnte, wie Ronja und Thea ... Ich bin wirklich so eine blöde Kuh.« Sie sagte es wie ein Mantra, spuckte es förmlich in den Raum, und die braunen Haare fielen ihr ins Gesicht. »Ich hätte nie gedacht, dass du einfach gehen würdest. Dass du grummeln, es dann aber akzeptieren würdest, ja, aber einfach weggehen? Und heute Nachmittag, da oben am Fenster, da habe ich verstanden, dass du es niemals einfach so akzeptieren kannst. Dass ich *uns* die Unschuld geraubt habe – mit diesem beschissenen Aussetzer, mit dieser absolut dämlichen Entscheidung. Dass ich so oft darauf beharren kann, dass es nichts bedeutet hat – für mich. Für dich aber bedeutet es alles. Und das verstehe ich. Und jetzt ...«, sie streckte noch einmal die Hände nach ihm aus, und ihr Blick war so ängstlich, als würde sie selbst nicht daran glauben, dass er den einen, den entscheidenden Schritt auf sie zu täte, »und jetzt bitte ich dich, ich flehe dich an: Bitte verzeih mir. Ich werde alles tun, damit du mir wieder vertrauen kannst, ich würde auch alles tun, was du forderst oder verlangst – obwohl ich weiß, dass das unglaublich schwer für dich sein wird. Ich weiß, wie du verzeihen kannst, und deshalb flehe ich dich an: Verzeih mir und gib mir ein Zeichen, dass du und ich noch etwas bedeuten.«

»Warum hast du das getan?« Weder Sylvie noch die Runde schienen mit einer Gegenfrage gerechnet zu haben. Sie alle sahen Cord überrascht an, als wollten sie prüfen, ob wirklich er es gewesen war, der die Frage gestellt hatte. Aber er hatte nur

Augen für Sylvie, die nun schluckte und ihre Stirn in Falten legte, bevor sie langsam antwortete.

»Ich wollte einfach mal wieder wissen, ob es noch so leicht geht wie damals … verstehst du –, niemand weiß so gut wie du, wer ich damals war, schließlich hast du dich ja so in mich verliebt. Herrgott, ich war irgendwie glamourös und laut und so allein. Als ich nächtelang in Paris durch die Bars und die Klubs gezogen bin und alle Männer mir nachschauten und mir das auch gefiel – bis zu dem Augenblick, als ich dich zum ersten Mal gesehen habe und sofort wusste: Mit dir wird alles anders. Du bist mein Zuhause. Alles andere bedeutete mir nichts mehr. Mit dir war alles so schön, der Alltag und die Liebe und die besonderen Momente; später dann unsere Kinder und das ganz normale Leben …« Sie sah in die Runde, doch niemand schien unangenehm berührt, nicht mal Ronja zog eine Augenbraue hoch, wie sie es sonst tat, wenn Mama und Papa sich küssten. »Es ist alles so schön – und doch hat mich in dieser Nacht der alte Dämon gepackt, und ich wollte wissen, ob ich es noch draufhabe. Da war dieser Kollege von der Niederlassung in München, Typ Alphatier. Alle Frauen schienen auf ihn zu stehen, und da hat mich der Kampfgeist gepackt …«

Wieder feuerte Cord eine Frage in den Raum. »Wie weit seid ihr gegangen?«

»Er …«, sie hielt kurz inne, als überlegte sie, wie viel sie preisgeben wollte, aber dann schien sie sich entschieden zu haben, »er wollte natürlich noch weitergehen. Aber für mich war es in dem Moment vorbei, als wir uns küssten. Ich bin ganz ehrlich: Ich habe es für diese zehn Sekunden genossen, das Gefühl des Triumphes – er war so viel jünger als ich und … Na ja, als wir dann voneinander abließen, hatte ich sofort so ein schlechtes Gewissen, und dann hat er mir zugeflüstert, ob wir jetzt zu ihm ins Hotel gehen würden. Da habe ich ihn stehen lassen und bin zurück auf die Tanzfläche und habe getanzt – ich war völlig verwirrt, und er wahrscheinlich auch. Na, und dann bin ich nach Hause und habe geduscht, bin zu dir ins Bett und habe nur noch geweint, weil ich mich so geschämt habe und … Und dann habe ich es dir am nächsten Morgen erzählt.«

Pascal sah, dass Cords Blick noch immer starr war, und er spürte richtig, wie sich sein eigenes Herz zusammenkrampfte. Er hatte ihn noch nie so unerbittlich gesehen, so entschieden. Würde er sich wirklich nicht erweichen lassen?

Erster Weihnachtstag, 0.14 Uhr

Die nächsten Sekunden dehnten sich wie in Zeitlupe: Cord, der nicht nur einen, sondern gleich zwei Schritte auf Sylvie zu machte, die Arme öffnete und seine Frau ganz fest umschloss, sein Gesicht in ihren Haaren vergrub, seine Stimme, die so anders klang als bei den beiden Fragen eben, so hörbar erleichtert, als er flüsterte: »Gott sei Dank, Gott sei Dank, du bist da, ich habe dich so vermisst.«

Und dann Sylvie, die nur noch schluchzte und sich von ihrem Mann im Arm halten und wiegen ließ, und Ronja, die nun doch die Augen abwenden musste, weil die Eltern ihr nun wirklich peinlich waren.

»Nie wieder«, flüsterte Sylvie, und Cord erwiderte: »Ich weiß, ich weiß«, und dabei hielt er ihren Kopf in den Händen, und Elisabeths Blick traf Pascals. Auf ihrem Gesicht lag dieser Ausdruck, der ihm seit Jahrzehnten so vertraut war und den er mit ganz vielen Situationen verband, wenn Cleo sich zum Beispiel ein Loch in den Kopf gehauen hatte und abends wieder lachend spielte und tobte, wenn Cord schlimmen Liebeskummer gehabt hatte und zwei Tage später eine neue Freundin vorstellte, wenn Christoph ausnahmsweise einmal eine Drei in Mathe bekommen und darüber so untröstlich gewesen war – immer wieder hatten ihre funkelnden Augen hinterher gesagt: *Siehst du, ist doch alles nicht so schlimm – wenn wir zusammenhalten, dann schaffen wir das.* Und er konnte nicht anders, er ging zu ihr, Dora trat einen Schritt zur Seite und lächelte ihn an, und dann legte er seinen Arm um Elisabeth, und sie legte ihren Kopf an seine Schulter, sie betrachteten ihren Sohn und ihre Schwiegertochter, die sich noch immer hielten, bis Cord sich endlich löste.

»Und weißt du, warum du mir am meisten gefehlt hast?« Sylvie strahlte ihn an und schüttelte dann den Kopf. Cord fuhr mit einem Blick in die Runde fort: »Na, eigentlich ist das ja hier immer eine Spur zu besinnlich. Alle sind freundlich und fröhlich – und dann kommst du und bringst mit deiner Energie etwas Bewegung in die Runde. Aber heute …«, er lachte, »heute war das anders. Heute hätte ich dich so extrem gebraucht, um den ganzen Wahnsinn, der sich in den letzten Stunden abgespielt hat, auch nur annähernd auszuhalten.«

»Hmm«, Sylvie lächelte unsicher, »dein Papa hat schon so etwas angedeutet, aber was war denn eigentlich los?«

»Ich gebe dir mal die Kurzfassung.« Cord grinste. »Mama ist lesbisch und in die Tierärztin verliebt. Gesine ist plötzlich nett. Grinch ist ein Hamstermörder und dann doch nicht. Und Papa macht 'ne Weltreise. Hab ich was vergessen? Ach ja, Cleo … Cleo ist schwanger.«

»Echt?« Sylvies Miene hatte sich bei jedem Satz verändert, wirkte erstaunter, ungläubiger, beim letzten Satz aber ließ sie Cords Hand los und machte einen Satz auf Cleo zu, um sie gleich darauf in die Arme zu nehmen. »Wie toll ist das denn!«, rief sie, und Cleo strahlte und hatte keine Hand frei, um sich die Tränen aus den Augen zu wischen.

Erster Weihnachtstag, 1.30 Uhr

Sie saßen vor dem Kamin. Ronja und der zum Umfallen müde Mats waren nun auch ins Bett gebracht worden, während bei den Erwachsenen noch immer nichts von Müdigkeit zu spüren war. Man unterhielt sich ruhig und versöhnt, ab und an hörte man, wie jemand sein Glas auf dem Tisch absetzte. Ansonsten war es eine stille Nacht in der Almhütte. Nur von draußen drangen gelegentlich die knallenden Geräusche herein, wenn erneut eine Lawine gesprengt wurde. Vor einer halben Stunde, als die Glocken ein Uhr schlugen, waren vor dem Fenster sogar die gelben Rundumleuchten der Straßenräummaschine zu sehen gewesen.

Pascal hatte aufgeatmet, seine Reise war wohl nicht in Gefahr. Und gleichzeitig hatte er innerlich zugeben müssen, dass ihn die Aussicht, er könnte wegen des Schnees nicht abreisen, sogar ein wenig beruhigt hatte – wie viel Aufregung könnte er sich ersparen, wenn er gar nicht erst losfahren würde? Aber sogleich rief er sich selbst zur Ordnung, sprach sich Mut zu: Nein, er würde losfahren. Losfliegen. Er musste sich selbst neu denken.

Immer noch prasselten die Fragen der anderen auf ihn ein: Warum er das tat. Wie sein genauer Reiseplan war. Wann er wiederkommen wollte. Es waren Fragen der Sorge gewesen – und des Unglaubens über die plötzliche Courage. Aber er hatte das irgendwie genossen, obwohl er sich sonst immer eher unwohl fühlte, wenn er im Mittelpunkt stand. Irgendwann aber waren die Fragen wohlwollender geworden, freudvoller, ganz so, als würde sich jedes seiner Kinder selbst fragen, ob es sich eine derart einschneidende Veränderung auch selbst wünschen würde.

»Was ist denn das Ziel, auf das du dich am meisten freust?«, hatte Cleo gefragt.

»Der Tadsch Mahal«, hatte er geantwortet. »Ich wollte diesen Palast schon immer sehen, diese riesigen Steine, wollte auch die indische Gastfreundschaft erleben – und all diese Gerüche und den Lärm.«

»Und die indischen Apotheken, weil dir das Curry nicht gut bekommen ist«, hatte Christoph in seiner unnachahmlich nüchternen Art gesagt, aber diesmal war es einfach nur liebevoll gemeint. Alle hatten gelacht.

»Und den Ayers Rock will ich sehen, wobei: Eigentlich ist es gar nicht so sehr der Berg selbst, der mich lockt. Eher die Weite Australiens. Ewig keiner Menschenseele zu begegnen – das kommt mir reizvoll vor.«

»Nimmst du ein Buch mit auf die Reise?«

»Ich werde am Flughafen eines kaufen«, sagte Pascal. »Und wer weiß, vielleicht schreibe ich unterwegs ja sogar selbst eines.«

»Ich würde es lesen«, erwiderte Cleo. »Auf jeden Fall.«

»Vielleicht lernst du ja auch wirklich jemanden kennen«, sagte Cord grinsend. »So eine nette Australierin oder so«, er blickte zu Elisabeth, »sorry, Mama. Es ist merkwürdig, das zu Papa zu sagen, aber es ist auch merkwürdig, dass du mit deiner Flamme hier am Tisch sitzt.«

»Ist schon gut«, sagte Elisabeth. »Ich würde mich freuen, wenn Pascal nicht allein bleibt.«

»Eine bessere Frau als dich werde ich jedenfalls nie finden«, erwiderte Pascal und blickte Elisabeth liebevoll an. »So. Und nun muss ich mich leider etwas unbeliebt machen.« Pascal sah auf die Uhr. »Ich muss morgen sehr früh raus – und werde diese Party jetzt verlassen. In Ordnung?«

»Wir sollten alle ins Bett gehen«, erwiderte Cleo. »Ich kann auch kaum noch aus den Augen schauen.«

»Wann fährst du denn?«

»Wenn ihr alle noch schlaft.«

»Sollen wir dich verabschieden?«

Pascal schüttelte den Kopf und lächelte in die Runde. »Ich kann mir keinen schöneren Abschied vorstellen als diesen wundervoll chaotischen Abend. Deshalb machen wir es jetzt. Und morgen fahre ich still und leise, und ihr schlaft euch alle aus.«

Sie erhoben ihre Gläser zum Abschied, und dann stießen sie ein letztes Mal miteinander an.

»Auf deine Reise«, sagte Elisabeth. »Auf dass du gesund und munter bleibst – und wiederkommst, wann immer du magst.«

»Auf die Liebe«, sagte Pascal. »Deine, meine liebe Elisabeth, und auf die Liebe von Gesine und Christoph, von Sylvie und Cord und von Cleo und Samy – und auf ihre wunderbaren Kinder.«

»Auf die Familie«, sagte Pascal feierlich, und alle stimmten ein: »Auf die Familie.«

Erster Weihnachtstag, 7.30 Uhr

Als die ersten Sonnenstrahlen durch die halb heruntergelassenen Rollläden fielen, wusste Pascal: Es ist so weit. Er brauchte keine Uhr mehr. Seitdem er Rentner war, hatte er die Taktung des Lebens verinnerlicht.

Es war seltsam: Nun, wo ihm kaum noch Termine ein zeitliches Korsett vorgaben, schien sein eigener Rhythmus sich noch nach dem der Arbeitswelt zu richten. Aber mit zunehmendem Alter erschien ihm einiges paradox: War man jung, hatte man Kraft, aber keine Ahnung – und war man alt, hatte man Ahnung, aber keine Kraft mehr.

Doch ab heute würde er seinem Alterszynismus den Kampf ansagen, dachte er und spürte, wie sich sein Mund automatisch zu einem leichten Lächeln verzog.

Er hob die Bettdecke vorsichtig ein Stückchen an, damit sie nicht raschelte, dann setzte er zuerst den rechten Fuß auf den Boden, dann den linken. Es würde das letzte Mal sein, dass er in diesem Haus aufstand – für eine sehr lange Zeit –, da konnte es bestimmt nicht schaden, ein wenig abergläubisch zu sein.

Pascal betrachtete Elisabeth, die tief und fest schlief. Er konnte sich nicht dagegen wehren, dass sich ein Schleier auf seine Augen legte.

Eigentlich teilten sie das Bett seit Jahren nicht mehr. Sie hatten sich darin eingerichtet, einander am Abend gute Nacht zu sagen und jeder in sein Zimmer zu gehen, zu lesen oder fernzusehen, Elisabeth las manchmal die halbe Nacht lang, während er selbst längst schlief.

Auch gestern Nacht – Dora war doch noch nach Hause gegangen, die Kinder und Enkelkinder alle im Bett – hatten sie sich nach all dem Chaos mit einem Kuss voneinander verabschiedet. Elisabeth war in das Gästezimmer unterm Dach gegangen, er ins Schlafzimmer. Doch dann, nur ein paar Minuten später, er hatte noch wach gelegen und nachgedacht, war die Tür aufgegangen. Wortlos hatte sie sich zu ihm ins Bett gelegt und ihn von hinten umarmt, hatte ihn ganz fest an sich gedrückt und auf den Nacken geküsst. Sie hatte kein Wort gesagt, bis sie nach Minuten in dieser Umarmung leise atmend eingeschlafen war. Pascal hatte sich nicht rühren können, wollte nicht, dass diese Umarmung vorbei war. Denn er hatte nicht nur einfach so dagelegen. Er war aufgeregt gewesen, nein, nicht aufgeregt, sondern verängstigt. All die Dämonen hatten ihn plötzlich heimgesucht – Dämonen, die eigentlich nur offene Fragen waren: Konnte er seine Familie allein lassen? Seine Frau, die eigentlich nicht mehr seine Frau war? Wie würde es da in der Fremde sein? Würde er das schaffen? Was wäre, wenn er in eine Notlage kommen würde? Ausgeraubt in einem fremden Land? Schwer erkranken? Sich ein Bein brechen? Was, wenn sein Koffer verloren ginge? Seine Blutdruckmedikamente?

Doch eigentlich lief alles nur auf zwei Fragen zu: War er mutig genug? Konnte er allein sein?

Und in dem Augenblick, in dem Elisabeth ihn festhielt, wurde seine Atmung ruhiger, sein Kopf klarer, das Grummeln in seinem Bauch verabschiedete sich. Denn die Antwort auf beide Fragen lautete: ja. Denn er wurde geliebt, das verlieh ihm Mut. Und niemals würde er allein sein.

Er hatte sie immer um ihren tiefen Schlaf beneidet. Seine

Elisabeth. Sie hatte den Kopf zum Fenster gewandt, ihr Haar lag auf seinem Kissen. Heute Nacht hatte er an ihrem Haar gerochen, an ihrem Kopf, er wusste, dass er ihren Geruch immer wiedererkennen würde.

Lächelnd schlich er nun nach nebenan ins Badezimmer, er wusch sich und kleidete sich an, die Sachen hatte er am Vorabend schon bereitgelegt. Er war nicht nervös, gar nicht, er war wach und klar und freudig, er spürte ein leichtes Kribbeln, so eine ungeahnte Aufregung, die er seit Jahren nicht wahrgenommen hatte, wie eine kleine Flamme, die in ihm brannte und die er das letzte Mal gespürt hatte, als er ein junger Mann gewesen war, kurz vor dem letzten Examen, und aus einem Impuls heraus einmal den Nachtzug nach Bordeaux genommen hatte, um der Aussicht auf ein festgefahrenes Leben im Klinikalltag ein letztes Mal zu entkommen.

Als er mit allem fertig war, zog er sich die robusten Winterstiefel an, die er wohl am Flughafen schon entsorgen würde, um dann seine leichten Sportschuhe anzuziehen, die neu und noch ganz weiß waren und die er extra für die Reise gekauft hatte. Dann ging er, so leise er konnte, noch einmal zurück ins Schlafzimmer.

Pascal beugte sich hinab und küsste Elisabeth sanft auf die Stirn.

»Wir sehen uns«, flüsterte er und wusste, dass das so sein würde.

Sie rekelte sich einmal, hielt jedoch die Augen geschlossen. Ihm war, als hätte sie etwas geflüstert, aber er war sich nicht sicher. Es machte nichts. Er ging zur Tür und drehte sich nicht mehr um, dann stieg er die Treppe hinab, im Haus war kein Laut zu hören, selbst die Kinder schienen noch tief zu schlafen.

Sein Blick fiel ins Wohnzimmer, der alte hölzerne Esstisch, die Sitzecke mit den beiden Sofas, der Kamin, von dem noch immer etwas Wärme ausging, die den Raum erfüllte zusammen mit diesem Geruch von verbranntem Holz.

Was sie hier gestern und heute Nacht alles erlebt hatten, erlitten hatten, welche Freude am Ende alles wettgemacht hatte … Dieses Haus war wie seine Familie – unvollkommen, aber voller Glück.

Er ging zur Tür, dann öffnete er sie und sog gierig die Luft ein. Draußen war es eiskalt und klar, der Wind hatte über Nacht alle Schneewolken weggefegt, und nun war es sogar noch kälter geworden, dafür würde der Morgenhimmel, wenn die Sonne ganz aufgegangen war, stahlblau und von einer bestechenden Reinheit sein, als wäre dieser erste Weihnachtstag ein kompletter Neuanfang. Unten im Dorf lagen die Häuser, die noch immer schneebedeckt waren und ein wunderschönes Bild abgaben: das reine Weiß des Schnees, das hölzerne Braun der wenigen Gebäude und des Kirchturms, dort, wo der Schnee schon vom Dach gerutscht war, und dazu das Leuchten des ewigen Himmels – wunderschön.

Pascal sah auf die Uhr, die er gewohnheitsmäßig doch angelegt hatte. Und richtig: Eine Minute vor der bestellten Uhrzeit hörte er den sonoren Motor, dann bog eine schwarze Limousine um die Ecke und hielt genau vor der Haustür. Auf dem Dach das gelbe Taxischild. Der Fahrer wollte aussteigen, doch Pascal hatte schon die Tür geöffnet und seinen Koffer auf der Rückbank verstaut.

Noch einmal erhob er sich und drehte sich zum Haus um. Sein Blick fiel zum Fenster des Schlafzimmers in der ersten Etage. Ihm war, als wäre da ein Schatten gewesen, das sanfte Schimmern von grauem Haar. Er lächelte, dann nickte er einmal, alles war richtig. Pascal stieg in den Wagen und ließ sich in den weichen Ledersitz sinken.

»Zum Bahnhof in Brig, bitte«, sagte er.

»Wird gemacht, Monsieur«, sagte der Fahrer. »Frohe Weihnachten.«

»Das wünsche ich Ihnen auch.«

»Wohin soll es denn so früh gehen?«

»Weit weg«, erwiderte Pascal lächelnd. »Sehr weit weg.«

Epilog

Es ist gar nicht, als wäre er weg, dachte Elisabeth, als sie alle zusammen um den Tisch saßen. Es gab Frühstückseier und Saft und frische Hörnchen, die der Bäcker aus Ernen an die Türklinke gehängt hatte.

Die ganze Familie hatte inzwischen ausgeschlafen, und nun waren alle frohen Mutes, ein Stimmengewirr war zu hören, ein Klangteppich aus Kinderbrabbeln von Thea und Mats, der noch ein Nutellabrötchen wollte, und dazu das leise Flüstern von Sylvie und Cord, die sich sehr verliebt anschauten, und dazu Samy und Cleo, die Grinch mit Käse fütterte, Ronja, die zufrieden eine Tasse Kakao trank, und Christoph und Gesine, die gelöst nebeneinandersaßen. Es war ein vollkommener Morgen.

»Ich liebe dich.«

Das hatte sie geflüstert, als er sie geküsst hatte. Vor zwei Stunden war das gewesen, der Morgen war gerade erst erwacht. Als sie sah, wie er in das Taxi stieg, hatte sie gespürt, wie ihre Augen feucht wurden.

Seine große Reise. Er machte sie tatsächlich wahr.

Sie hatte nie an ihm gezweifelt. Ihr ganzes Leben lang nicht. Sie hatte gewusst, dass er dazu bestimmt war, Großes zu schaffen. Schließlich hatte er diese Familie zusammengehalten. Mit seiner Ruhe und seiner Zuversicht – und seiner Beständigkeit. Und nun war er aufgebrochen, um ein neues Kapitel zu schreiben. Pascal, der Abenteurer. Ihr Herz schlug vor Stolz, sie meinte, man müsste es hören können.

Elisabeth sah, wie Cleo aufstand, Grinch streichelte und zur Haustür ging.

»Komme gleich wieder«, murmelte sie.

Dann öffnete ihre schwangere Tochter die Tür. Ihre Hand glitt wie automatisch zum Bauch. Sie lächelte.

Die Kälte umfing sie wie eine wohltuende Erfrischung. Sie kitzelte in ihrer Nase, ließ ihre Wangen sofort rot werden. Sie überlegte, ob sie eine Jacke holen sollte, damit ihr Bauch nicht kalt wurde.

Doch sie wusste, dass sie gleich wieder reingehen würde. Aber kurz blickte sie einmal nach oben, in den klaren Himmel, wo schon einige Flugzeuge ihre Kondensstreifen hinterlassen hatten. Sie hob den Arm, sie winkte nach oben. Und dann sagte sie leise:

»Gute Reise, Papa.«

Ihnen allen, liebe Leserinnen und Leser,
einen herzlichen Dank für Ihre Lektüre und Ihre Treue.
Wenn Sie dies hier in der Zeit lesen,
für die dieser Roman gedacht ist,
dann wünsche ich Ihnen von Herzen

frohe und gesegnete Weihnachten.

Über den Autor

Alexander Oetker, geboren 1982, ist Bestsellerautor und TV-Journalist. Als Frankreichexperte von RTL und n-tv berichtet er seit fünfzehn Jahren über Politik und Gesellschaft der Grande Nation. Er ist zudem Kolumnist und Restaurantkritiker der Gourmetzeitschrift *Der Feinschmecker*. Seine Krimis um Luc Verlain sind Erfolgsgaranten im Buchhandel, für *Mittwochs am Meer* erhielt er die DELIA, den Literaturpreis für den besten Liebesroman des Jahres. 2022 wurde Alexander Oetker außerdem mit dem Deutsch-Französischen Freundschaftspreis des Saarlandes ausgezeichnet. Er lebt *en famille* in Brandenburg, Berlin und an der französischen Atlantikküste.

Mehr Informationen zum Autor: www.alexander-oetker.de

Eine zauberhafte Geschichte
von der großen Liebe
in einer kleinen Pension am Meer.

Alexander Oetker
Mittwochs am Meer
Roman
176 Seiten, Hardcover
ISBN 978-3-455-01096-1
Atlantik Verlag

Bestsellerautor Alexander Oetker erzählt von der Magie der Liebe im sommerlichen Italien.

Alexander Oetker
Sonntags am Strand
Roman
176 Seiten, Hardcover
ISBN 978-3-455-01391-7
Atlantik Verlag

Leseprobe aus

Sonntags am Strand

All'alba
Bei Sonnenaufgang

Enzo

Am Morgen war er eine einzige Verheißung, dieser Strand. Wenn das Rattern des alten Motors von Signor Garivaldos Traktor gerade verklungen war, die feinen Linien, die sein Rechen im Sand hinterlassen hatte, noch nicht verweht waren, kein Fußabdruck zu sehen war, keine Spuren der Wandernden, Flaneure, springenden Kinder, höchstens eine Möwe wie eine Ballerina darübergestelzt war, ganz so, als fröre sie, und dreizackige Spuren zurückließ, zart hingetanzt. So unberührt wie der Tag lag der Strand da, bereit, neue Geschichten in seinen Sand schreiben zu lassen. Geschichten, wie sie nur hier geschrieben werden. Hier. Am Meer.

Die Sonnenschirme aufrecht, ihre langen Schatten gen Westen ausgerichtet, weil die Sonne von Osten kommt, ihre Strahlen einmal schräg übers Meer schickt, schimmernde Sprenkel auf dem Wasser hinterlässt. In Reih und Glied stehen die Liegen dicht beieinander, noch in ihrer künstlich erzwungenen Ordnung, nicht verrückt, nicht zusammengezogen, um mehr Nähe zu den Liebsten, oder auseinander, um mehr Abstand zu den lärmenden Nachbarn zu schaffen. Die Sonnenblenden hintenüber, als würden auch die Liegen noch die Morgensonne genießen wollen. Dort hinten, in der kleinen Bucht, zieht der Erste der Zurückgekehrten sein Boot an Land, es sieht ganz leicht aus, dann steigt er noch einmal hinein und holt zwei Kisten, die er übereinanderstapelt, als wären darin nur Wattebällchen und keine kiloschweren Fische. Die Nacht hat der alte Mann auf dem Meer verbracht, er ist einer der wenigen, die auch sonntags hinausfahren.

Überhaupt: das Meer. Es liegt da, ganz ruhig, erhaben, als wollte es die schlafenden Hotelgäste noch nicht mit seinem Rauschen stören. Da sind nur die ganz kleinen Wellen, das Wort fast schon übertrieben für ihre Gestalt, sanft und gleichförmig fließen sie heran und lassen den Sand und die feinen Kiesel leise knirschen.

Enzo sah das, gewiss sah er es, er war nicht gleichgültig geworden über die Jahre, gleichgültig wie all die Menschen, die an ihren Arbeitsplatz kamen und diesen gar nicht mehr wahrnahmen, ihn nur als Ort betrachteten, an dem sie dem Broterwerb nachgehen – nein, nein, er schüttelte den Kopf, weil er den Gedanken so absurd fand, nein, das würde ihm nie passieren, das war nicht möglich, nicht hier.

Wie jeden Morgen knirschte auch heute der feine Sand unter seinen Füßen, die paar Meter, bis die hölzernen Bohlen begannen, die er mal wieder austauschen müsste, dachte er, als er die dunkle Patina sah. Es wäre nicht gut, wenn sich ein Badegast einen Splitter in den Fuß rammen würde. Er folgte der Kurve, die der hölzerne Pfad beschrieb, alles war unberührt, die Jugendlichen waren in der Nacht also nicht auf dumme Ideen gekommen, gut so.

Enzo kramte in der Hosentasche nach dem Schlüssel, es klimperte, dann zog er ihn heraus und öffnete ruhig und gewissenhaft das Vorhängeschloss, bog es auf und nahm es ab, dann konnte er die hölzerne Platte abnehmen und mit zwei, drei Schritten um die Ecke wuchten, hinter die kleine Holzhütte, wo er sie in den Sand stellte. Neben die Hütte hatte der Bäcker zwei Tüten gestellt, er würde sie gleich holen. Ein weiteres Vorhängeschloss, diesmal an der Tür, auch das öffnete er und trat ein. In der Nacht hatten sich am Boden Staub und Sand abgesetzt, beim Öffnen der Tür aber wirbelte beides durch die Luft, kleine Flocken, kleine Körner, Schnee und Gold.

Das waren sie, seine sechs Quadratmeter. Am Abend hatte er wie stets alles aufgeräumt und sauber gemacht, deshalb genoss er die wohltuende Ordnung, der Sandwichgrill neben den durchsichtigen Gefäßen, in denen nachher die Granita rotieren würde, er würde sie gleich frisch ansetzen. Das einzige Geräusch war von der Truhe mit dem Eis zu hören.

Enzo aber lehnte sich erst mal an seinen Tresen und blickte hinaus. Da waren drei Farben: das Weiß des Sandes, das Blau des Himmels. Die dritte Farbe war ein leuchtendes Gelb. Das Gelb der Sonnenschirme und der Liegen, kein verblasstes Gelb, nein, ein richtig strahlendes Sonnengelb. Die Patina bei den Holzbohlen auf der Terrasse nahm er hin, aber das hier war ihm wichtig: Sein Bagno musste gelb leuchten, dafür liebten es die Gäste, die Stammgäste, die Kinder. Jeden Winter prüfte und reinigte er Sonnenschirme und Liegen mit jeder Menge Wasser und Reinigungsmitteln. War ein Schirm aber von der Sonne allzu sehr verblichen, dann tauschte er ihn aus.

Weiß – Blau – Gelb. Drei Farben, ein Ausschnitt. Sein Ausschnitt. Diesen Blick hatte er jeden Tag des Sommers, seit einundvierzig Jahren. Die Welt als Rechteck – für ihn gab es nichts Besseres.

Vor allem aber gab es keinen besseren Moment als diesen, so früh am Morgen, weil außer ihm noch niemand hier war. Nur er und die zwei Möwen, die in den Traktorfurchen herumstelzten. Sie nahmen die Hügel so stolz und aufrecht, als wären sie Bergsteiger. Enzo müsste nicht so früh hier sein, gewiss nicht, die meisten Gäste schliefen noch, nur die Alten, die schon in dunkler Nacht den Morgen herbeisehnten, weil der Schlaf sich nicht mehr einstellen wollte, saßen bereits beim Frühstück in den Hotels auf der Promenade. Aber selbst sie würden erst in die kleine Stadt gehen, ein paar Dinge einkaufen, einen Plausch im Café halten, bevor sie an den Strand kämen.

Er brauchte diese Ruhe, diese Zeit nur für sich. Gleich würde er hinausgehen, noch einmal die Liegen kontrollieren, dann würde er die Cornetti vom Bäcker in den kleinen Ofen schieben, damit sie für die ersten Gäste schön kross und noch warm wären. Und, das Wichtigste, er würde die alte Cimbali-Kaffeemaschine anstellen. Die zwei abgenutzten Knöpfe drücken, die das riesige zweigruppige Ungetüm in Gang setzten. Jetzt würden die alten Heizer in der Maschine anspringen und sie auf Temperatur bringen. Nichts war wichtiger als eine gut vorgeheizte Espressomaschine – wer wollte schon faden, kalten Caffè trinken?

Enzo hörte das Blubbern in dem Gerät und lächelte. Er lehnte sich wieder an den Tresen und blickte hinaus: Die Sonne schob sich dort hinten über das Meer, ihr Gelb war noch sehr hell, fast kontrastierte es mit den Sonnenschirmen, kein Wölkchen war an diesem Himmel zu sehen. Ein vollkommener Morgen. Und es würde ein vollkommener Tag werden. Warm und mit einem leichten Wind, der aus Westen kam. Warmem Wind also. Vielleicht würde es am Abend ein kleines Gewitter geben. Die Luft wäre ganz sauber, am Anfang dieser Woche. Besser ging es nicht.

Denn heute war Sonntag. Der wichtigste Tag der Woche. Ein Abschluss. Ein Neubeginn. Aber vor allem: der Tag, an dem die Familien kamen, um sich zu treffen. Zu essen, zu baden, am wichtigsten aber, um miteinander zu sprechen und das Leben zu feiern. Am liebsten dort vorne, mit den Füßen im Meer, kurz hinter der Wasserkante, leichte Kühlung von unten, mehr Meer brauchten sie nicht. Welcher Italiener wollte denn freiwillig schwimmen gehen? Das Meer war groß, unheimlich, mitunter gefährlich. Hier, am Ufer, war es sicher – und zudem sehr unterhaltsam. So ließ es sich aushalten, stundenlang.

Ein bisschen würde es aber noch dauern, bis sie alle anrückten: die Touristen aus ihren Hotels, die alten Bewohner des Ortes, die noch in die Kirche gingen, um zehn war die Messe, und die war so fest in ihrem Leben verankert wie der Caffè danach an seinem Tresen. Die jüngeren Leute, die nicht mehr in die Kirche gingen, weil sie Gott nicht mehr brauchten – oder einfach zu müde für Gott waren –, die also schliefen noch ihren Rausch aus, selbst in seiner Wohnung fernab von der einzigen Disco des Ortes hatte Enzo gestern Nacht noch das Rambazamba gehört. Aber statt sich zu ärgern, hatte ein leises Lächeln in seinem Gesicht gespielt. Damals, er erinnerte sich – mehr noch: Er konnte fast spüren, wie das gewesen war, derselbe Raum, aber dort waren bunte Lichter gewesen statt dieses blitzenden Spektakels, und auch die Musik war eine andere, man konnte mitsingen, klatschen, ein Jubel statt dieses wummernden Stakkatos von heute. Aber das Gefühl war wohl dasselbe gewesen, abzüglich der blauen Lichtflecken im Raum, weil alle auf ihre Smartphones starrten. Er hingegen hatte damals nur sie angesehen, den Schweiß auf seiner Oberlippe geschmeckt, die Bässe, die in seinen Körper gekrochen waren, die Sehnsucht nach der Frau und ihren Lippen, von denen er den Blick nicht lassen konnte.

Sein Blick wanderte sogleich zu dem kleinen Foto, das nur er sehen konnte und das ihn immer wieder anzog wie ein Magnet in diesem kleinen Raum. Es stand oberhalb der Eistruhe auf einem kleinen Bord und war nur zu ihm gerichtet. Er lächelte sanft, als er sie erblickte, die Lippen, die ihn in jener Nacht geküsst hatten, die lockigen dunklen Haare, ihre grünen Augen mit dem klugen Blick.

»*Buongiorno*, Enzo«, sagte der alte Signor Conte und trat an den Tresen.

»*Ciao, caro*«, erwiderte Enzo und machte sich an der alten Cimbali-Maschine zu schaffen. Sein erster Gast war in dieser Hinsicht der untypischste Italiener, den er sich vorstellen konnte. Denn er war immer pünktlich, gerade so, als wäre er ein Schweizer. Denn er war der Mann, der vorhin das Boot an Land gewuchtet und in Windeseile den Fang in die Kühlung gelegt hatte, später würde der Händler die frischen Fische abholen und an die Restaurants im Ort liefern – Contes Geschäft war in jenem Moment erledigt, in dem die Brassen, Barsche und Sardinen im Netz hingen.

In allem anderen außer der Pünktlichkeit hingegen war der Alte dann wieder der typische Mann von hier: Er trug an jedem Tag dasselbe Hemd, aber nein, weit gefehlt, es war kein speckiges Etwas, das erkennen ließ, welchem Beruf er nachging – draußen auf dem Meer trug er immer sein Ölzeug, an Land aber stets das in weichen Erdtönen gehaltene Karohemd. Jeden Tag das Gleiche, aber immer wieder ein sauberes. Enzo schätzte, es seien sieben, eines für jeden Wochentag.

Signor Conte rauchte zwar nicht mehr, er hatte das vor einigen Jahren aufgegeben, dafür trank er jeden Tag seinen ersten Espresso hier bei ihm, bei Enzo – und dazu, aber nur an Sonntagen, ein kleines Glas Weißwein bis zum Mittag und exakt nach der Mittagsstunde noch eines. Anfangs war der Wein eiskalt, und der Tau rann am Glas herunter, aber von Minute zu Minute wurde er wärmer, weil Conte so langsam trank. Und es war so, dass dieser alte Fischer an jedem Tag für eine halbe Stunde und an Sonntagen mehrere Stunden, sicher sieben oder acht, bei ihm am Tresen stand – und schwieg.

Er brauchte keine Worte, so schien es, er brauchte nur das Meer. Eines Tages, als Enzo einmal fand, dass Signor Conte ein wenig wackelig wirkte, hatte er ihm einen Barhocker hingestellt, exakt jenen, den er selbst manchmal benutzte, wenn ihm die Beine müde wurden. Doch Signor Conte hatte den Hocker nicht einmal angesehen, er hatte ihn mit Verachtung gestraft, ohne jedoch nur ein Wort an Enzo zu richten. Der Wirt hatte den Stuhl einfach stehen lassen, es war wie ein unausgesprochener Kodex gewesen. Am vierten Sonntag hatte der Fischer plötzlich auf dem Barhocker gesessen – wieder ohne ein Wort, ohne eine Erklärung. Auch Enzo hatte dazu geschwiegen. Fortan war es an Sonntagen der Stammplatz des Signor Conte. Niemand wagte es, ihm den besten Platz am Tresen streitig zu machen – nicht mal Enzo, der am Abend des siebten Tages der Woche stets besonders schlimme Fußschmerzen hatte – ihm fehlte sein Hocker. Aber so war es – und weil es nun geschehen war, wollte niemand mehr daran rühren.

Enzo stellte die kleine, heiße Tasse vor Signor Conte ab, er wusste, dass der Mann nun den Caffè genießen würde, anschließend würde er ihm sofort das kleine Glas Weißwein servieren, einen Malvasia bianco von dem Winzer, der zwei

Dörfer weiter wohnte und der ihnen hier in Qualität und Lokalpatriotismus zur Ehre gereichte – zwei Dinge, auf die es Enzo in seiner Bar immer ankam.

Aus dem Augenwinkel sah er, dass seine Nachbarin eine Tafel auf die Straße stellte. Was war denn nun schon wieder? Er würde gleich nachsehen gehen, aber vorher musste er noch sechs oder sieben Panini vorbereiten – gleich, in einer Stunde, würde es hier, wie immer an einem Sonntagmorgen, sehr hektisch werden.

La mattina
Der Vormittag

Felice & Alberto

»Ah, so mag ich es«, sagte er, als sie gerade an der niedrigen Mauer angekommen waren, welche die Promenade von dem Lido trennte. Felice war ein kleines Stück hinter ihm gelaufen, und nun sah sie den Grund für seine Freude: Der Strand war leer. Freie Auswahl. Deshalb waren sie, wie immer am Sonntag, sehr früh in Turin losgefahren, die Sonne war noch nicht einmal ganz aufgegangen.

»*Andiamo!*«, rief er, fröhlich jetzt, nichts mehr von der vorfreudigen Ruhe, die im Auto geherrscht hatte. Er hatte seinen Willen.

Sie gingen ein Stück weiter südlich, ihr bevorzugtes Bad war jenes blau-gelbe, und doch blieb Felice an der Tafel stehen, die die Chefin des Lido mit den grün-roten Liegen und Sonnenschirmen gerade auf die Straße gestellt hatte. *Offerta per Ferragosto* stand da. »Schau mal«, sagte sie, »ein Schirm und zwei Liegen für den ganzen Tag – und eine Flasche Prosecco umsonst dazu.« Alberto sah die handgeschriebene Tafel nachdenklich an, als wollte sie ihm eine Falle stellen. Dann zog er seine Stirn kraus. »Es wird glühend heiß heute, meinst du wirklich, da sollten wir Alkohol trinken?« Sein Blick war längst weitergewandert zu seinem Ziel, und er hatte schon wieder die Tasche gegriffen, die er noch am Vorabend fein säuberlich gepackt hatte, mit allem, was nötig war. Für ihn zumindest.

Sie zog ihre Ballerinas aus und betrat den weichen Sand, der noch so kalt war, ausgekühlt von der langen Nacht. Sie liebte es, mit ihren Zehen diese Kühle zu spüren, während Alberto natürlich auf den Holzbohlen ging, die hinunterführten zu der kleinen Hütte.

»*Salve*«, grüßte Alberto, und Felice nickte dem Mann zu, der hinter dem Tresen stand, er war immer hier, morgens und abends und den ganzen Tag, er schien hier zu wohnen, anders konnte es nicht sein. Sie hätte gerne gewusst, ob er eine Familie hatte.

»*Buongiorno*, Signora, Signore«, antwortete der Wirt. »Wie immer?«

»*Sì*«, antwortete Alberto, »in der hinteren Reihe genau an der Mauer.«

Der Mann öffnete den Kasten an der Wand und nahm den kleinen Schlüssel heraus, Numero 17, er schien zu zögern, aber dann sagte er doch nichts und trat hinaus in die Sonne, um seine ersten Gäste zu ihrem Platz zu bringen.

Kaum angekommen, entfernte er das winzige Schloss von der Halterung des Schirmes, sodass der sich problemlos aufspannen ließ.

»Gibt es viel Vandalismus hier in der Nacht?«, fragte Alberto.

Der Wirt nickte. »Ja, die Kids machen sich einen Spaß daraus, die geöffneten Schirme als Boot zu nehmen. Oder es gibt einen Sturm, dann fliegen sie einfach so weg. Deshalb verschließe ich sie.«

»Diese Kids«, wiederholte Alberto und schüttelte den Kopf, als würde er deren Hitzköpfigkeit nie verstehen können. Sie sahen zu, wie der Mann die Liegen umdrehte, ein letztes Mal den Sand der Nacht abklopfte, um sie dann wie ein Hotelbesitzer, der sein schönstes Zimmer anpries, in voller Pracht zu präsentieren.

»Einen wunderbaren Tag«, sagte er.

»Ihre Nachbarin bietet eine Flasche Prosecco gratis an«, sagte Felice und setzte ihr schönstes Lächeln auf. »Sollten Sie auch tun …«

»Was?« Der Wirt schien überrascht. »Was macht sie?«

»Auf der Tafel vor der Tür. Ein Angebot zum Ferragosto. Liegen, Schirme und eine Flasche.«

»Viel zu heiß«, sagte Alberto leise, »da wird uns doch ganz düselig.«

»Hmm«, murmelte der Wirt. »Tolle Idee.« Und dann hörte Felice noch etwas, was klang wie »Wenn sie es nötig hat …«. Schien nicht die beste Stimmung zu sein unter den Konkurrenten, dachte sie. Als der Mann gegangen war und sie sich erst mal auf der Liege ausbreitete, hörte sie das Zungenschnalzen ihres Freundes. »Was denn?«, fragte sie mit geschlossenen Augen.

»Warum musstest du ihn denn danach fragen? Hast du nicht gemerkt, dass das total unangemessen war?«

Sie öffnete die Augen nicht, stattdessen spürte sie die Wärme auf ihrer Haut, eine Wohltat nach der langen Fahrt, die sie frierend in dem kleinen Auto verbracht hatte. Doch dann ratschte es schon, und Sekunden später kam der Sonnenschirm seiner Bestimmung nach und warf den unvermeidlichen Schatten über ihr Gesicht. *Allora*, der Sonntag am Strand hatte begonnen.

Ada

Ihr Haus hätte überall stehen können, in jeder beliebigen Vorstadt des Landes. Da waren die gleichförmigen Balkone, von denen der Putz rieselte, da waren die Fenster mit den geblümten Gardinen, die mal wieder gewaschen werden könnten, da waren die Satellitenschüsseln, nach Süden ausgerichtet wie Sonnenkollektoren, was irgendwie ganz passend war, weil jene, für die sie zum wichtigsten Objekt ihres Lebens geworden waren, nicht mehr rausgingen, um die echte Sonne zu sehen.

Ada aber ging hinaus, sie hielt sich nur zum Schlafen in diesem Haus auf, dabei war ihre Wohnung gar nicht so übel – »Ich habe das Beste daraus gemacht«, sagte sie stets bei sich. Sie war sehr ordentlich und sorgsam, in allen Fragen des Lebens, bei der Arbeit, in ihren wenigen Freundschaften und eben darin, dass ihre Wohnung stets so aufgeräumt war, wie es sich gehörte. »Was wäre denn, wenn ich mal die Ambulanz rufen muss, und dann erschrecken die, weil sie erst mal über Müllberge laufen müssen, und beim Rausgehen stolpern sie, und ich falle von der Trage.« Ihre beste Freundin hatte einiges gelernt, als Ada das erzählt hatte.

Sie hatte die kleine Stofftasche dabei, die sie sonntags immer mit sich trug, darin war alles, was sie brauchte. Aber eigentlich brauchte sie an dem Ort, zu dem sie unterwegs war, gar nichts. Trotzdem war es immer gut, etwas Feuchtigkeitscreme dabei zu haben.

Ada hatte die Treppe genommen, nun öffnete sie die Tür und trat in den strahlenden Vormittag.

Es war einer dieser Tage, an denen vier Blöcke südlich von hier ein leichter Wind ging, der den späteren Hitzezenit wenigstens einigermaßen erträglich machen würde. Hier aber, in diesem tristen Wohnblock, wehte kein Lüftchen, als würde den Leuten, die hier wohnten, nicht mal der Wind gegönnt und es nachher am späten Nachmittag so heiß werden, dass der Asphalt unter den Füßen weich wurde. Es roch dann in der ganzen Straße, als wäre frisch geteert worden – doch Ada musste zugeben: Sie mochte diesen Geruch, so wie sie ihre Straße mochte, ihre Nachbarn, das ganze kleine Städtchen, aus dem sie stammte.

Gerade schlug sie den Weg nach rechts ein, die kleine Anhöhe hinunter, da hörte sie Schritte, noch bevor sie die Stimme vernahm.

»Ada!«, rief diese junge, fröhliche Stimme, in der Überraschung lag, »wohnst du etwa hier? Na so ein Zufall.«

Sie drehte sich um, einen Moment langsamer, als es nötig gewesen wäre, weil sie Zeit brauchte, sich zu sammeln.

»*Ciao*, Isa«, antwortete sie, und sie wollte reserviert klingen, vorsichtig, aber es gelang ihr nicht, sie war nie gut darin gewesen, geheimnisvoll zu sein, nicht im Geringsten, obwohl ihr ganzes Leben irgendwie ein Geheimnis war. Hier ging es um ihre Privatsphäre, aber die junge Frau, die ihr nun gegenüberstand, sah so erfreut aus, so herzlich, so froh, sie zu sehen, dass Ada nicht anders konnte, als ihr die Hand entgegenzustrecken. Die große Blondine schien erst nicht so recht zu wissen, was sie nun tun sollte, denn sie trug schwer. Doch dann entschied sie sich und stellte zuerst die Tüte mit etwas ab, was in Geschenkpapier eingewickelt war, den großen Blumenstrauß legte sie vorsichtig obendrauf. »Was haben Sie denn vor?«, fragte Ada, »gehen Sie zu einem Geburtstag?«

»Das ist es ja, deshalb ist es ja so schön, Sie zu treffen: Sie wissen es ja, Chiara liegt doch im Ospedale. Wir wollten sie alle besuchen, alle Kolleginnen zusammen ... Aber dass ich Sie auch noch treffe – wissen Sie, wir wussten nicht, ob wir Sie dazubitten sollten – wir ... na ja, aber jetzt ist es Schicksal. Bitte, kommen Sie doch mit. Chiara würde sich so freuen, und dann wären wir alle zusammen.« Sie strahlte sie an, als wäre das nicht nur die beste Idee der Woche, sondern als wäre sie noch dazu stolz, dass ausgerechnet sie Ada getroffen hatte. Sie würde mit ihr im Schlepptau im Ospedale aufkreuzen – denn dass sie mitgehen würde, daran zweifelte sie nicht.

Also zuckte nun auch Ada mit den Schultern, griff nach dem Blumenstrauß, drückte ihn der verdutzten Isabella in die Hand, dann nahm sie die Tüte, die schwer aussah, aber ganz leicht war, und sagte: »Na, wenn ich schon mitgehe, dann kann ich auch tragen helfen.«

»*Ottimo!*«, rief Isabella, hakte sich bei der älteren Frau unter, und gemeinsam änderten sie die Richtung, nach links jetzt, in Richtung Altstadt, an deren Rand das Ospedale della Misericordia lag.

Ende Leseprobe